U0691529

星城艺文忆往

杨里昂 著

万卷出版有限责任公司
VOLUMES PUBLISHING COMPANY

图书在版编目（CIP）数据

星城艺文忆往 / 杨里昂著. -- 沈阳：万卷出版有
限责任公司，2025.3. -- ISBN 978-7-5470-6716-1

Ⅰ. I206.7-53

中国国家版本馆CIP数据核字第2025SN8918号

出版发行： 万卷出版有限责任公司
（地址：沈阳市和平区十一纬路29号　邮编：110003）
印 刷 者： 长沙市精宏印务有限公司
幅面尺寸： 170mm×240mm
字　　数： 170千字
印　　张： 14
出版时间： 2025年3月第1版
印刷时间： 2025年3月第1次印刷
责任编辑： 张冬梅
责任校对： 张　莹
装帧设计： 云上雅集
策　　划： 张立云
ISBN 978-7-5470-6716-1
定　　价： 78.00元

常年法律顾问： 王　伟　版权所有　侵权必究　举报电话：024-23284090
如有印装质量问题，请与印刷厂联系。联系电话：0731-84513508

长沙城里一诗人格调高
昂情意浓颂雪贾冤歌
奋进尤输心血育新英

陕西杨里昂同志

康濯

一九八七年七月

宁为宇宙闲吟客

怕作乾坤窃禄人

里昂先生属论

乙丑春节文穆

摘录唐代诗人杜荀鹤诗句自勉（著名书法家史穆先生笔）

作者六十岁留影

作者八十岁留影

目 录
MU LU

第一辑　春风夏雨

第二辑　湘滨梦痕

第三辑　艺海钩沉

第四辑　浇花人语

附 录

春风夏雨

CHUN FENG XIA YU

我与周世钊先生的忘年交

我从学生时代起就熟悉周世钊先生的名字，读过他不少诗词。他那时是湖南省教育厅副厅长，后来又担任副省长，作为学生的我无缘与之接近。我和他打交道是20世纪60年代初到长沙市文联工作以后。那时我们经常组织诗歌活动，如诗歌座谈会、赛诗会、诗歌朗诵会、街头诗会，每年要举办好几场，他总是每请必到。因此，我与他结下了十多年的文字之交。他高尚的人品和诗品，使我深受教益。

最使我难忘的是1964年春节，我们组织了一次毛泽东诗词朗诵、吟诵、演唱会，地点选在中苏友好馆四楼。那次诗会既安排了播音员用普通话朗诵，也邀请了一些老先生用传统方式吟诵，还请来歌舞团的演员演唱为毛泽东诗词谱曲的歌曲。我请周老在会前作演讲，他欣然答应了，并且很快写出了演讲提纲和毛泽东诗词注解，事先交我们打印出来，分发给每位到会者，以助理解。

诗会的前一天，下了一场大雪，长沙城里到处银装素裹，给诗会增添了不少色彩，然而也带来了一点小小的麻烦。原来预约吟诵的老先生们因为风大雪深无法前来赴会，当时文联机关没有汽车，作为诗会组织者的我，为此十分着急。情急智生，我突然想到去找周老借车，他当时是副省长，有一辆轿车供他专用。我们的诗会定在下午，那天上午他在青石井民盟机关开会，中午时分我找到那里和他一说，他立刻应允。于是我便用他的车分批将老先生们接到会场。我回头再去接周老，车行至一深巷，因积雪太深，车辆竟无法通行。离开会的时间只剩下十几分钟了，车子还陷在雪中，进退不得。这时我见一群中学生模样的小青年，正嬉闹着踏雪前行，便上前拦住请他们帮助。他们听说是举办诗会，兴致都很高，纷纷要求前去参加，我当即应允。于是大家七手八脚

《周世钊诗词稿存》
重印本封面（周昭怡题笺）

一齐把汽车推出了深巷。当我赶到青石井民盟机关时，却没见到周老。原来他见时间不早了，怕耽误了大家，便没再等我，自己踏雪步行去了会场。我赶到会场时，他已经开始向大家讲演了。那天他是穿着棉鞋走来的，我仔细一看，他的棉鞋几乎全湿了，连棉裤脚也溅湿了，我为此很是过意不去。当他讲演下来，我忙上前向他说明原委，他反过来安慰我受累了，使我深受感动。那次诗会开得很成功，社会反响也很好。

此后不久，我被下放农村，与周老几年没有联系。

1971年后，我重新回到文艺队伍，这时正在落实各项政策。为纪念毛泽东同志《在延安文艺座谈会上的讲话》发表30周年，文艺刊物陆续恢复，我于是去找周老为《长沙文艺》写稿。这时周老的

里帝農石同志：

　　拙作詩詞 覺无什麼意义，有些竟蒙批可笑。承你们八位同志整理粉飾編印成册芳神阿多，费力不少，（别于同志等力更多）戚藝之誼，又何待言。

　　印數不宜过多，将來抚分送一部分聯絡友好，请其修飾審正。作与陳志明商讫，除你们参加修飾整理各位同志各送若干本之外，请以五六本放刊会阆名以十五本（或二十本）等戌，其餘新苒，请楊彭陳八位設法保存，以留好本好板，以厓送个人意見不知同志们以为妥否。

　　其它情況 志明同志多可面陳，不多一一。

　　　　順祝

　　笑好！　　　　　　　　周世釗 如叩四月廿七日

○ 周世钊
先生来信

心情很好，特别是毛泽东两次召他进京会见，他诗兴大发，接连写了许多新作，我从中挑选了一组十多首发表了。当时公开发表旧体诗词省内没有先例，因此社会上反响很大，诗人们都非常激动。不少人（包括周老在北京的诗友）都来索要刊载周老诗词的刊物，这是我当时没有预料到的。我的朋友、周老的学生陈志明同志因此建议将周老历年的诗词刊印出来。但是，那时出版社尚未恢复正常工作，正式出版自然不行，只能先油印。于是，志明和我，还有周老的诗友岩石先生，分头将散见于各个时期报刊上的周老的作品收集起来，周老自己又整理了一批手稿，共有三四百首之多，经大家商定，从中挑选了一百多首付梓。考虑到当时的政治气候，主要选了新中国成立后的作品，新中国成立前的只选了作于1947年的一首七律。在当时的条件下即使油印也很不容易，首先得买一批纸张。周老手头也不宽裕，他出了一些钱购了一些纸，但仍然不够用。志明是个既热心又很有活动能力的人，动员了他所在的长沙市五中，提供了一些纸张，并承担油印任务。长沙市一中一位长于刻写的老同志主动担任了刻字任务，我们又找来擅长传统装订工艺的老工人帮助装订，由篆刻家李立先生设计封画，著名书法家周昭怡题签。经过几个月的努力，油印线装本《周世钊先生诗词集》便于1974年刊印出来了。周老将诗集送给在京的朋友王季范、章士钊等人，以及在长沙的一些朋友。周老对此事十分谨慎，反复强调只印几十本在小范围内交流。但是，诗集印出来后，需要者很多，很快便分发完了。我们又于1976年初重印了一次，周老又增加了一些新作进去。这一次的开本改为大16开，装帧上也作了改进，纸张则用的浏阳土纸，因为宣纸太贵，购置不起，用这种纸庶几可以体现出传统诗集的风味。这件事，对当时的传统诗词界产生了较大影响。随后，著名女诗人姜国仁也仿此例将自己的历年诗作刻印出来，名之曰《雪鸿集》。当时在长沙小住的著名词人夏承焘先生也刻印了一册《瞿髯词》。

　　周老的诗词集重印不久，他老人家便于1976年4月与世长辞了。周老是20世纪湖南乃至全国传统诗词界一位有重要影响的作家，许多名句至今为人传诵。他的诗词富有形象性，语言生动，与那些以文言喊口号的诗词作品格调迥异，特别是那些富有田园风味的农村题材的作品，尤其令人喜爱。

（1986年）

姜国仁先生与长沙诗坛

　　姜国仁先生是著名的女革命家、教育家，又是一位才华独具的诗人。她出生于宁乡一个书香之家，自幼学习诗词写作，深受启蒙老师赏识。1916年，她进入省立第一女子师范学校，成为徐特立先生的学生。徐老倡导的"诗教"，对她产生了深远影响。后来，姜国仁先生到东南大学求学，得到著名诗词戏曲家吴梅先生的教诲，从此一生与传统诗词结下不解之缘。1940年，她随丈夫王凌波同志奔赴延安。1941年9月，由陕甘宁边区政府主席林伯渠和边区参议会副参议长谢觉哉发起，成立了怀安诗社，姜国仁是当时诗社里最活跃的女社员之一。20世纪80年代，人民文学出版社出版的《怀安诗选》中收录了她的多首佳作。新中国成立后，姜老回到湖南，担任省立女子师范（后改为长沙幼师）的校长。她在忙于教学工作之余，一直坚持诗词写作，这一时期的作品，大多收录在《雪鸿集》中。该集由著名诗词家夏承焘先生题签，于1977年5月印成。笔者有幸得到一册她亲笔签名的《雪鸿集》，40多年来一直珍藏在书柜中。最近我又一次找出它，诵读一遍，不由得忆起许多与先生交往的旧事。

　　初次见到姜老是1962年中秋节前几天。那时，省会诗歌界决定举行一次中秋诗会，我作为诗会组织者之一，于会前去长沙师范，邀请姜老出席，她欣然应允。三天后，我收到她寄来的一首歌行体古诗，题为《中秋玩月感怀》。这首诗写得很有特色，我读了兴奋至极，不禁高声朗诵起来——

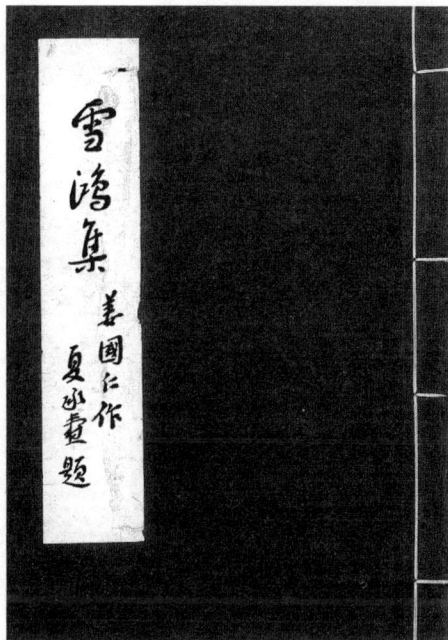

油印本《雪鸿集》

> 连朝几度台风扫，残枝弱草随风倒。
>
> 风过云开天更清，一轮明月何皎皎。
>
> 波光岳色尽玲珑，玉宇琼楼映太空。
>
> 满眼清光穷碧落，自疑身在水晶宫。
>
> 人生几见当头月，光明常被风云没。
>
> 心迹几人共月明，月光照彻心和血。
>
> 丹心碧血建人寰，月中丹桂尽能攀。
>
> 古人不见今时月，光明留与后人看。

这首诗具有很高的艺术性，简直与唐诗中张若虚的名篇《春江花月夜》有异曲同工之妙。

这年9月12日夜，中秋诗会在湖南宾馆屋顶平台举行，著名诗人周世钊、李聪甫、彭晏、彭靖等与会，一边赏月，一边吟诗。姜老在会上吟诵了这首佳作，受到与会者的一致好评，第二天《湖南日报》副刊还刊出了此诗的墨迹。

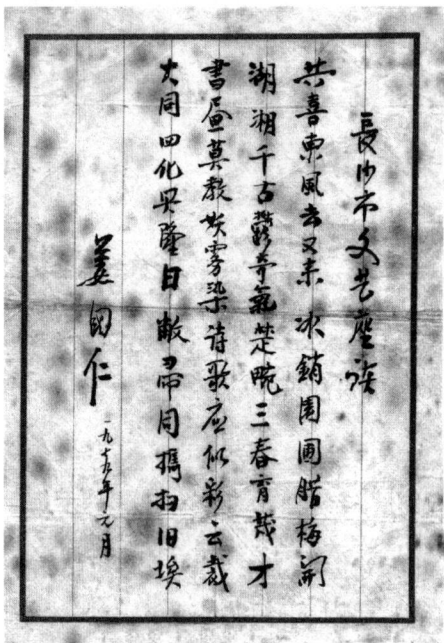

長沙市文艺座谈

共喜東風云又来　冰銷闿闿腊梅开
湖湘千古辞章气　楚楚三春育哉才
書屋尝栽芙蓉染　诗歌盛会彩云裁
大同四化更隆日　敢吊同揩拍旧埃

姜国仁
一九七五年元月

姜国仁手迹　　　姜国仁在端阳诗会上吟诗

　　1980年端阳节，恢复工作不久的长沙市文联在烈士公园朝晖楼举办了一次盛大诗会，省会新老诗人60余人出席。当时已经84岁高龄的姜国仁先生，兴致勃勃地应邀出席，并当场朗诵《端阳吊屈原》五律一首。就在这次诗会上，一些诗人倡议成立一个诗社，以便加强联络，开展经常性的诗歌活动。这一倡议得到姜老的支持，与会的新老诗人也都热烈响应。经过半个多月紧锣密鼓的筹备，这年6月28日诗社正式成立，定名为"长岛诗社"，并决定不定期出版《长岛诗刊》。会上诗人们一致推举姜国仁先生为诗社社长。姜老谦逊地说："让我主持诗社是不孚众望的，用谢老（觉哉）的话来说：不是诗好，而是年老。"她随即吟了一首七绝——

星沙聚会忆怀安，炮火横飞唱和繁。

载得东风归故里，长征新景换人间。

她接着说："我对于怀安诗社，是时间愈久，忆念更深。"她希望今日的长岛诗社能继承和发扬怀安诗社的革命精神，为繁荣湖湘诗坛作出贡献。

同年7月，《长岛诗刊》第一期出版，姜老特地约请湘籍老诗人廖沫沙先生为刊物题签。从1980年7月至1981年11月，诗刊共出版了三期，发表了社员和社外诗友的诗作、诗评、诗论300余篇。在第三期上，还刊发了欧阳瑜、陈志明同志《星沙聚会忆怀安——访老诗人姜国仁同志》一文。

后来，在原长岛诗社的基础上，扩展为长沙诗人协会，延续至今。

多年来，姜国仁先生在诗歌创作方面作出了重要贡献，为繁荣省会诗坛出力良多，功不可没，值得我们永远怀念。

（2023年）

彭昺老先生的中秋诗

中秋佳节前夕，我拜访了湖南文史馆彭昺老先生。当我穿过小巷走进一座清雅别致的书斋时，这位76岁高龄的老人正凝神伏案看书。他知晓我的来意后，摘下眼镜，指着桌上墨迹未干的诗笺道："你来正好，这两首律诗刚写成，准备明天参加政协邀集的中秋诗画会，你看看！"接着，便兴致勃勃地向我吟诵了自己的新作。

彭昺先生是一位一生醉心于教育事业和文学研究的学人，先后在湖南大学、师范学院等校任教五十多年，早几年才退休。老人苍须鹤发，却面色红润，精力充沛，一谈到诗，兴致更浓了。他颇有感触地说："诗这东西，要人心绪好，才写得畅快。多年来，每逢佳节，我都爱作几句，今年兴致更高，更不同了。"

这几句话引起我的兴趣，正待请教，老人站起来从书柜中找出了一个线装本子，翻开来，全是诗词手稿。老人告诉我，这还只是一部分，许多都散失了。他说这些东西是个人身世的记录，也反映了家国的变迁。他一边讲一边翻着诗册，长甲的手指忽然在一页上停下来。我一看，在《避难衡山清献书院中秋对酒感赋》的诗题下，写着这样几行：

艰危顿踣此行窝，衰鬓穷途志未磨。

天上今宵隐明月，人间何日戢兵戈。

一生铁面空泥爪，百战勋名感逝波。

坐对先贤须醉酒，悲欢不必问嫦娥。

"这是抗战时写的。"老人接着介绍了当时的情景：日寇入侵湖南后，老人带着一家八口，四处逃难，三个儿女患病得不到医疗，死于途中。这年随学校避难衡山，在山中清献书院暂时安下身来。这座书院曾是宋代"铁面御史"赵抃讲学的地方。时值中秋，愁云蔽月，想起家国陷于敌人铁蹄之下，民生涂炭，追缅先贤，老人感慨万千。

老人翻动诗稿，又谈到八年离乱之后的情形。这时，老人已经年过六旬了，年迈力衰，还得靠自己教书养家糊口。大学教授和老百姓一样缺衣少食。这年中秋，老人回到离别三十七年的老家，目睹家乡灾年惨象，追怀自己的悲凉身世，怅然写下一首律诗：

佳节还乡卅七周，故园欣此度清秋。

蟾宫依旧飞明镜，尘世何人不白头。

乱世几经圆缺梦，年衰犹作稻粱谋。

沅湘千里嗟行役，遥共清辉料倚楼。

谈到这里，一个刚会走路的小孩，摇着胖手走到老人跟前叫爷爷。老人会心地笑了，他告诉我，这孩子是他的曾外孙。儿孙满堂，晚年充满乐趣。现在，老人精神仍然很好。每天研读诗文，还经常参加一些社会活动。早几天，乡间亲友又带来政策放宽、农业已有起色的消息，喜不自禁，今天清晨起来，便欣然命笔，写成了桌上的这几行新作：

> 皓月将圆夜，相将作胜游。
> 秋光今欲半，景运古无俦。
> 寇慑同阉靖，时和品物稠。
> 明朝又佳节，桂酒好同酬。

（1962年）

附注：我青年时代师从彭昺先生，得益极多。先生逝世时我正下放湘西，未能写一点文字来纪念他。这次编集子时忽然从旧作中发现了这篇访问记，特收于此，聊表一点对恩师的忆念之情。

春风意暖　化雨情深

——怀念蒋牧良先生

　　为着编写《文艺志》查找资料，我从故纸堆中忽然发现了一份蒋牧良先生的讲演稿，题为《读书、理解与塑造人物》，全文约一万字，文末注明"根据蒋牧良同志11月5日在长沙市文联的讲话整理"。它将我的记忆立刻从三十多年的沉睡中唤醒。

　　我为蒋老整理讲稿，有过两次，都是在1959年。第一次是在这年夏天，我刚到长沙文联，组织上派我去约请当时担任中国作家协会湖南分会主席的蒋牧良先生为我市举办的青年文学讲座作一场辅导报告。接受了这个任务，我颇有些踌躇。因为在此之前的一次文学界集会上我听蒋老说过，他正在赶写一部长篇小说，准备向新中国成立十周年献礼。他时间紧张，能拨冗应邀前来吗？我怀着这种心情，叩响了岳麓山下蒋老住处的门环（当时他暂住在湖南大学校园内）。问明我的来意，蒋老一迭连声说："好！好！举办青年文学讲座是好事，莫说你们来请我，就是不请我，我得讯了也会自己找上门来讲的！"几句话使我的顾虑全消。接着，蒋老要我汇报青年文学讲座的要求和创作中存在的问题。当时编辑部来稿题材单调，我在谈话中间讲了这个问题，蒋老听了，当即确定以"题材"为讲演的主旨。末了，蒋老问清了讲课地点，再三叮嘱不要来车接，他自己乘公共汽车去。我见他言辞恳切，只好从命。

○ 刊载蒋牧良演讲
稿的《长沙文艺》

蒋老讲演那天，人到得特别多，讲
的内容又很有针对性，引起大家浓厚的
兴趣。遗憾的是，他的湘乡口音让与会
者难得听懂，我们便抬来一块黑板，请
熟悉湘乡话的同志作些板书，以助理
解。蒋老见状，索性推开话筒，接过粉
笔，边讲边写，重要处还反复几次。这
样两个钟头下来，他已是汗流浃背、筋
疲力尽了。稍息一会儿，他坚持不让招
待午餐，也不让我们派车送，又自己搭
车回去了。事后，我将报告记录整理了
一遍，送蒋老过目。几天后我接到他寄回的稿子，不禁怔住了。原
想只是改动个别字句的稿子，谁知他几乎对全文作了改写，并且用
工整的楷书誊写了一遍。不久，这篇讲话稿以"关于题材问题"为
题发表在当年四月号《长沙文艺》上。

为了这一次讲演，让蒋老耗费了如此多的时间和精力，我实
在有些过意不去。下半年，我们又举办了第二期文学讲座，便未再
去惊动他。谁知蒋老竟真的"找上门"来了。10月末的一天，我
正在办公室阅稿，身着黄呢军服的蒋老突然出现在我的眼前。他一
进门，还未坐定，就滔滔不绝地说开了，问我为什么许久不去他那
里。"你们不来找我，我就不请自来。"他告诉我：准备去三仙湖
乡下生活一段时间，趁下乡之前还有几天空闲，再给文学青年讲一
次。他风趣地说："这次用不着请'翻译'，我写了个提纲，你们可
以先印出来发给大家。"说着，他从衣袋里掏出一份手稿，上面用
端正的楷书写着"读书、理解和塑造人物"几个字。

11月5日上午，蒋老再次出现在市文联礼堂的讲台上。因为有讲演提纲的帮助，语言的阻隔打消了大半。大家听得清楚明白，蒋老也因此讲得更起劲、更开心。这一次我们备了录音机，记录稿错漏少多了。蒋老过目后，未加多的修改，便交给我们付排。谁知不久，市委根据在庐山召开的关于开展增产节约运动的精神，决定《长沙文艺》停刊。蒋老的这份讲演稿因而未能公开发表。记录稿便一直压在我的书报堆中。幸运的是：经过多次搬家，它居然还保存下来。

　　重温旧稿，我再次被蒋老渊博的学识、精辟的见解所倾倒。在这次讲演中，他详细地剖析了《三国演义》中鲁肃这一典型形象，指出罗贯中笔下的鲁肃是一个内刚外柔、大勇若怯的英雄人物，批驳了过去一般认为鲁肃是"懦夫"的说法。蒋老何以要在彼时彼地讲这个问题呢？他当时并未挑明。根据我的揣测，他是有所针砭的。因为当时的文学作品，不但普遍存在前面所述的题材单一问题，而且人物形象也千人一面，表现手法雷同。蒋老详细地分析鲁肃这个人物形象，就是要我们学习古典文学名著中塑造人物的多种手法，以便克服塑造英雄人物形象简单化、概念化、脸谱化的弊端。这篇讲稿不但对当时文学创作有着指导意义，而且时隔三十余年，它依然闪耀着学术的光辉。我不了解鲁肃这一形象研究的全面情况，但就个人阅读范围所及，像蒋老这样详尽的论述，在我还是第一次见到，它的价值绝不会因时间的推移而淹没。

（1991年）

　　附注：蒋老的这篇文稿，后来经我推荐，发表在1991年第5期《理论与创作》杂志上。

胜读十年书

——记周立波先生的几次谈话

每当和青年朋友谈起读书时，我总喜欢向他们讲述著名作家周立波先生的一段往事。

那是四十多年前，我刚从学校毕业，到长沙市一家公开发行的文艺刊物当编辑。为了澄清当时青年作者中的混乱思想，编辑部决定主办一期读书会，请几位在湘的老作家和文艺界的领导来主讲。周立波先生是著名作家，又是当时湖南省文联主席，第一讲自然非他莫属。听说那时他正在长沙。一天上午，我骑着自行车，来到北门外麻园岭，叩开了一幢旧式公馆油漆斑驳的大门。保姆开门，趁我停放自行车时进屋向主人作了通报。当我走进书房时，周立波先生已经站起来迎了过来。我上前向他表明身份和来意，便和他交谈起来。周立波先生很爽快地答应了我的请求，同时要求我提供一些有关情况，我便将来稿中存在的问题向他作了简要汇报。谈话进行了约半个小时。情况汇报完毕，我生怕耽搁他的宝贵时间，便把话打住，准备告辞。这时，他却问起我个人的情况来，我一一作答。末了他又问我最近在读什么书，我也如实回答了他。这时他指着桌上一本摊开的厚书问我道："《红旗谱》你读过没有？"我说："参加工作前在学校读的。"他接着问道："你觉得它哪些地方写得好？"

当时这本长篇小说出版不久，反响很热烈。在学校里我参加中文系的文学社团恰好座谈过这部作品，我便从主题、人物、结构等方面谈了看法。听我讲了几分钟后，他打断我的话道："你不要讲课堂上老师讲的那些东西。只讲你自己觉得写得最好的地方，印象最深的段落。"

我被问住了。我虽然爱读书，但很少在读后去仔细思索，特别是对于小说。我向他说，我没有思考过，同时请教他道："您认为这本小说哪些地方写得最好呢？我很想听听您的意见。"

经我这一问，周立波先生的兴趣来了，立即从桌子上拿过那本书，翻到折着的页码，指着对我说："我觉得反割头税一段写得很精彩，尤其是杀年猪的那些场面。"

《红旗谱》写的是土地革命时期的北方农民运动，"反割头税"斗争是书中的主要情节，这一段写的是农村年关杀过年猪，当局强收"割头税"（屠宰税）引发农民的反抗，从而揭开了斗争的序幕。书中详细描绘了腊月二十三杀年猪的场面。周立波先生说，这种场面，在其他文学作品中从未有人写过，十分新鲜，很有生活气息，不是对农村生活很熟悉的作家是写不出的。

他谈得很兴奋，我们的谈话又过了半个小时才结束。回来以后，我找来《红旗谱》重读了一遍，特别将立波先生讲到的那些场面、段落，反复读了几次。这些地方果然写得不同凡响。我深深佩服立波先生的眼力，没有很高艺术修养的作家是不能说出这样中肯的意见的。

与他的第一次接触，我深感受益匪浅，他告诉了我作为一个年轻的文学工作者应该怎样去读书。他知道我刚从学校出来，因此特别指出读书不要受课堂上教师讲的东西束缚，必须从自己的实际感

2012年作者于
周立波故居大门前留影

受出发来鉴赏文学作品，使我有茅塞顿开之感。

几个月后，我参加省作家协会召开的一次座谈会。会上又一次聆听了周立波先生的讲话。有意思的是，这次讲话中他又谈到了猪。他说，前段在益阳乡下深入生活，着重了解了养猪场的情况，准备写一个养猪的短篇。他说，自己是从农村出来的，湖南农民很会养猪，但对养猪情形的了解是这次才加深的。一次他走进养猪场，看到一些大猪在地坪中悠闲地摇尾散步，原来那天队上出猪栏粪，将猪放了出来。只听得一头猪嘴里嚼得砰砰响，他因近视看不清它在嚼什么，走近一看，才知道它在嚼一块瓦片，就像吃饼干一样。猪嚼瓦片的场面以前从未见过，若非亲见，还不相信呢。他还讲了一些细节，猪场女饲养员每天给小猪喂食，小猪们熟悉了，只要一听到她的脚步声，还未见到人，便一齐拥了上去，一个劲儿地往她身边钻，有时竟拱到她的裤管中去了。听了他讲的这些细节，我深深感到他观察生活细致入微，难怪他描写农村生活的小说写得那样情趣盎然。

也就在那次座谈会上，立波先生从养猪谈到人物性格。他说，小说是写人的，观察生活主要是了解人。他说他的祖父很会养猪捕鱼，他又很喜欢听吉利的话。一次，家里请来篾匠织鱼篓，织好以后祖父问道："师傅，你说这只篓捕得到大鱼吗？"篾匠答道："这就难说了，我只包织篓，不包捉鱼呀！"祖父不悦，以为口风不好，一直将这只鱼篓搁在楼上

略談革命的現實主義和革命的浪漫主義
——在長沙市翠粹楽筶文藝学校講話記要
·周立波·

刊载在1959年第4期《长沙文艺》上的周立波先生讲演稿

不用。另一次家中请来木匠做猪栏，木匠将猪栏门做得特别宽大，祖父问他为什么，木匠答道："您老人家养猪出了名，猪大八百斤，我不把栏门做大点，赶得出来吗？"祖父大喜，木匠出门时，他特地送了个红包。

立波先生那次讲话生动极了，大家听得津津有味，会场上不时爆发出笑声，因此时隔四十年我仍记得。

大概又过了半年多，一天从《人民日报》看到副刊以整版篇幅刊载了立波先生的短篇小说新作《张桂生夫妇》，我一口气把它读

完。这篇作品就是前次他讲的要写的养猪的文章，当时讲的个别细节，如小猪争食的情形，也在小说中出现了，读来亲切极了。

从第一次接触立波先生，听他谈到猪，到小说问世，前后大约两年时间。原来，他为着写这个万把字的短篇，竟然花了这么多的时间去观察生活、收集素材，下的功夫是这么大，其写作态度何其严肃！更难能可贵的是，他收集了那么多素材，而在文中用的却只有极少的部分，这正应了古人的话：厚积薄发。

以后我又聆听过立波先生几次讲话，每次都使我懂得了一些东西。"与君一席话，胜读十年书"，实在不是一句虚言。

（2013年）

湘军师表　风范长存

——悼康濯先生

1987年秋天，康濯先生调北京之前，对我说：他回湖南工作了25年，一些名胜古迹还未去参观过。现在又要离开家乡了，想到长沙附近几处转转。于是，由我充当向导，去了岳麓书院和开福寺。几天后，又去浏阳专程拜谒了谭嗣同纪念馆。分别时，他赠我一张条幅，上书：

长沙城里一诗人，格调高昂情意浓。

对于这句鼓励的话，我实在抱愧。令人感动的是，他在一、二句中的第四字，把我的名字嵌了进去，可见他是颇费了一番斟酌的。收到这张条幅后，我准备回赠他一首诗。因我对于旧诗之道没有深入钻研过，弄了几次总不能令自己满意，便搁置在抽屉中，后来自己也忘了。去年年底，清理文件时我无意中清出了这诗的草稿，心想事过境迁，正要扔进纸篓，忽然又想，诗虽不佳还是留作纪念吧。谁知十多天后，竟传来了康老与世长辞的噩耗！望着挂在墙上的康老的墨迹，睹物思人，与康老多年交往的情形又一一浮现在眼前。

1987年7月摄于岳麓书院，右起黄勉思、康濯、杨里昂、杨晓刚（长沙市文化局干部、文物专家）

我我最早知道这位前辈作家，是在新中国成立初期中学语文课本中读了他的《我的两家房东》。听老师说：这位作家，青年时代就在我所在的学校——省立一中读过书，并从这里奔赴延安，因此更感到亲切。我特地从图书馆借了一本土纸印的他的一部长篇小说《黑石坡煤窑演义》来读了一遍。以后又读了他的其他作品，景仰之情益增。1962年冬天，他由河北调回湖南任省文联领导工作，更直接得到过这位前辈作家教诲。记得我第一次去见他，是1963年冬天，我刚通报了姓名，还未落座，他便站着对我说："你最近发表在《湖南文学》上的那首长诗我读过了。"鼓励了一番之后，他又指出那首诗后半部有拖沓之感。当时，我惊诧不已。第一次单独见面，毫无寒暄，便开门见山地直陈己见，如果不是对于事业有着炽热心肠的人是办不到的。我更惊异于他的超人的记忆力和精辟的诗见。后来知道，他不仅对新文学的各个门类都十分熟悉，而且对于旧体诗词也有较深的研究。

康老在从事紧张的文学创作、担负文联繁重的领导工作的同时，分出了很大一部分精力来参加社会活动。我们的一些重要文学集会，他每请必到。记得1977年9月，为纪念毛泽东主席逝世一周年，我市文艺界在清水塘纪念馆举办了一次大型诗会。其时，康老仍未恢复省文联领导职务，赋闲在家，我去邀请他参加诗会，他告诉我：他还没有获准参加文艺界的活动，但这是纪念毛主席，又是长沙市文艺界举办的，他一定出席。为此，他一连几晚没睡好，赶写了八首七言律诗，在会上作了朗诵，受到了与会者的热烈欢迎。

康濯纪念集《真诚礼赞》封面

1982年，长沙市文联主办的《新创作》创刊后，康老又给这个幼小的刊物多方支持。创刊后不久，便将他访问南斯拉夫时的一篇重要文稿交我刊发表。后来又应我之约，写了《我的文学之路》一文，在这篇文章中，康老谈了他如何走上文学之路的历程，弥足珍贵，对青年文学作者大有启发。

康老爱才，热心扶植和提携后学，在文学界是有口皆碑的，许多现在活跃在湖南文学界的中青年作家，大都得到过他的帮助。凡是有文学才华的青年，他总是不惮烦劳为他们排忧解难。记得1979年，一位青年因写了一部长篇小说，他为这青年作者安排到文艺部门到处奔走，他专门到市文联找我，看能否在市里安排。因当时我市没有专门文学创作编制，康老又通过其他途径安排这位青年到省里文艺部门。这仅是我接触的一例，至于他对青年作者业务上的指导和帮助就更不用说了。新时期以来，文学"湘军"的崛起是与他的辛勤劳动分不开的，在前面提到的我那首拙作中，有这样两句——

继承"延座"千秋业，
培育"湘军"一代人。

他是当之无愧的。让我录下上面这两句不像样的诗句，带着后辈的敬仰与怀念之情，遥献于康老的灵前。

（1991年）

可贵一生奋进　可惜天不假年

——挽彭靖先生

春节前五天，在一个集会上我最后一次见到彭靖先生。他红光满面，兴高采烈地告诉我，最近他有三件喜事：一是被省政府聘为湖南文史馆研究员；二是新中国成立前夕他参与办的《实践晚报》已被认定为地下党的报纸；三是他的一部关于王船山的学术著作经过补充定稿，中华书局决定出版。我为他三喜临门祝贺，他表示要再为人民多做些工作。假期中他为复印书稿四处奔走，只等春节一过便赴京送稿。万没想到，春节刚过便传来噩耗，彭先生因心脏病突发于2月4日离开了人世！他走得实在太匆忙了，终年不过67岁。

在将近半个世纪的时日中，彭先生为新闻、教育、学术事业付出了巨大的劳动，正如著名诗人贺敬之同志在唁电中指出的那样："在古典文学研究与教学战线做出了重要贡献。"尤为难能的是，他的成就是在个人饱经蹉跎的情况下取得的。彭先生一生有许多值得我佩服的地方，作为他的学生，我觉得，对生活的坚定信念，对人民事业的高度热忱，是他最鲜明的品格特征，也正是他事业上取得成功的重要原因。

彭先生出生于涟源一个书香之家，幼年时期家业已经凋零。他在艰难的条件下，刻苦攻读，自学成才。20世纪40年代后期，他

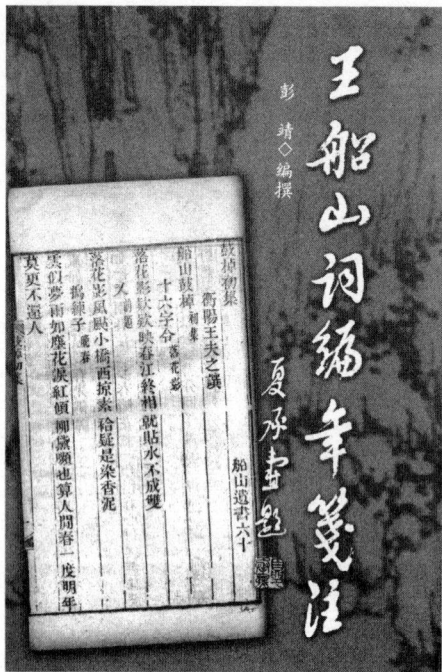

《王船山词编年笺注》书影

在《实践晚报》等报刊上发表了《真理不会倒下去》《今日知识分子的道路》等一批宣扬革命真理的文章，因而遭到国民党反动派的迫害。

湖南解放后，彭先生以极大的热情投入了人民教育事业，任教于省立一中（即今长沙市一中前身），并担任高中语文教研组组长。他的敬业精神是省会教育界有口皆碑的。他将课堂授业当作一门艺术来对待，有着鲜明的个性。他讲课时极富感情色彩，古典文学教学尤为精彩，兴之所至，旁若无人，在讲堂上摇头晃脑，甚至手舞足蹈。我至今还记得他讲授李白诗作的情形。进入教室后，他先让学生轻声将全诗诵读一遍，接着他自己再用浓重的涟源口音，配以手势，高声朗读起来。当读到"黄河落天走东海，万里泻入胸怀间"一句时，他将右手举过头顶，伸出食指上指天花板，随即猛将手向下一压，转过身子，面向窗外，抬高手臂，指向远处良久。然后面向同学，上身微微向后倾斜，手指在胸前上下数次。此时他完全被诗作陶醉了，受他的感染，我和同学们都无比激动，全身心融入到了诗人所营造的意境之中，仿佛置身于气势磅礴的黄河之滨。

听他讲课简直是一种享受。学校多次安排他讲示范性的大课，其他班级的同学都争相前来听讲，外校也派语文老师代表来观摩。

彭先生还善于总结语文教学经验。早在20世纪50年代中期，他就和语文组同仁一起，撰写了一批语文教学的论文，汇编成书，公开出版，被当时省教育厅指定为全省高中语文教学的重点参考书。

● 1986年作者与彭靖师合影于长沙市一中

十一届三中全会以后，他被调到湘潭大学中文系任教，开始了他一生中最顺利的十年。他一边做着研究生教学工作，一边进行古典诗词研究。王船山词笺注是一项开拓性的研究工程。作者逝世三百年后一直没有人来做这项工作，彭靖先生呕心沥血，研究多年，填补了一项重要的学术空白。正如当代著名词人夏承焘所说"船山诗注足千秋"。他的学术成就，得到了海内外学者的肯定。想不到在他毕生心血凝聚的学术著作即将付梓的时候，竟与世长辞。他还有许多事没有做完，还有许多计划没来得及实现。

彭先生匆匆走了，他那乐观向上、自强不息的精神将长久地留在人们心中，激励着后辈为振兴中华、攀登学术高峰而奋进不已。

（1990年）

一张珍贵的自制贺年卡

我是一个散漫的人，平日不好诣人，朋友来鸿也惯迟作答，连电话也不爱常拨，时间久了，难免与故人疏远。逢上年节，寄上一纸贺卡，遥远的友谊之线马上重新接通了。印刷精美的贺年卡，还能给人以美的享受。记得儿时，每到新年之前，徜徉于书店满目琳琅的画片框前，真有如入百花丛中，令人心花怒放。许多珍贵的贺卡多年来我一直留在信插之中，暇时翻看一番，其乐无穷。20世纪80年代，生活恢复正常，我重新领略这种乐趣的机会越来越多。不过，近两年来，贺卡生产很不尽如人意，我又为此苦恼了。你走进市场，面临的贺卡大体只有两种：一种烫金镶银，大红大赤，富贵气十足，铜钱味冲天，俗不可耐；而另一类则以"中奖"为诱饵，图案千篇一律，看了丝毫不能激发人们的审美兴趣。我常想：我们的工艺美术家都跑到哪里去了呢？为什么不在这种群众喜爱的传统产品上多花点心思？

正当我独自抱怨的时候，忽然收到一封回信，我抖开一看，里面装着一张别致的贺卡。我的眼睛为之一亮，急忙寻找寄件人姓名，三个熟悉的字立刻映入眼帘：任光椿。心头不由一热。任先生是著名作家、诗人兼国画家，"平生风义兼师友"，我们之间有着长达四十年的交往。这位长者的新年礼物本身已弥足珍贵，而更为

周子爱莲图（国画）　　任光椿作

难得的是，它并非购自市场，而是任老自制的，上面的图文全部出自他的手笔。这张长宽不盈尺的对折纸上，集诗书画印于一体：封面是一幅以杜甫"细草微风岸，危樯独夜舟"为内容的诗意画，浓墨重彩，气度不凡。封底则是一幅小品《秋神》，篱落疏疏，几丛秋菊，寥寥数笔，格外传神。翻开内芯，内容更加丰富，左上边是一幅翎毛画：一只曲项的黑天鹅独自在水波粼粼的荷塘中觅食，题为《容与》。图下配以五绝一首：

玄鹅自高洁，泛泛烟波里。

岂不愁孤独，悠然自容与。

右下角为一幅《青山叠嶂图》，旁边也有一首五言绝句：

人生易白头，青山独不老。

愿与青山约，永结无情好。

　　几幅丹青，山水、人物、翎毛、花卉各具特色，布局错落有致，诗画间两方朱色名章与闲章，与池中独放的红荷相映成趣，诗情画意，美不胜收。它们是任老高洁志趣、旷达胸怀的真实写照，对于我辈更是最好的鞭策与激励，真是一份难得的新年礼物。"独乐乐不如众乐乐"，我因此写了上面一些话，连同任老原件，一并寄予我曾与之打过多年交道的《橘洲》副刊，让读者分享我的快乐，更希望工艺美术家们多制作一些美观、高雅、大方的贺卡应市。

（1999年）

情浓似酒是乡愁

——向明先生回乡散记

　　向明先生是一位著名的台湾诗人，原名董平，祖籍长沙，1928年出生于东乡水渡河。年轻时在省城求学，1949年去台湾后，他无时无刻不思乡。由于众所周知的原因，他整整三十年未能返乡。大陆改革开放以后，两岸同胞的来往开始密切起来。1988年他退休后，曾经多次回长探亲访友，我参与接待的就有三次。

　　记得1988年10月下旬的一天，著名评论家李元洛先生在电话中告诉我，向明先生偕夫人来了长沙。第二天我便前往他们的住处拜访。我早就读过他的好些名篇佳作，虽是初次见面，却一见如故。我邀请他与长沙诗歌界同仁见面、座谈，他欣然应允。聚会这天上午，在元洛兄的陪同下，向明先生来到望麓园市文联会议室，与本地诗人李少白、易允武、彭国梁、谢午恒等十余人见面。我先介绍了长沙诗坛的近况。此前，从1986年开始，我市接连举行四届大型诗歌活动——潇湘诗会，盛况空前。向明先生听了，为故乡的诗运兴旺而兴奋不已。接着，他在讲话中谈了自己的写诗经历和对新诗发展的见解，同时，介绍了台湾诗坛的发展情况，大家相互交流，十分融洽。我们得知他年轻时曾在火宫殿后面的一条叫"火后街"上住过多年，会后便径直驱车前往火宫殿午餐，餐后一同到

◯ 诗人向明向家乡灾区人民捐款，请市作协负责人转交有关部门

火后街探寻他的故居。长沙城市建设发展很快，变化很大，向明先生在这条他熟悉而又陌生的小街上盘桓良久，才在一处地方停下脚步，认定此地即是旧居旧址。原来的砖木结构平房已被钢筋水泥筑起的新楼所代替。向明先生在房前指指点点，向我们讲起了旧居的模样和自己在这里生活的情形。当年他每天都要在火后街上进出多次，每座门庐至今清楚地记得。

向明先生对故乡一草一木都怀有深情，尤其钟爱长沙的特产——湘绣。他曾经写过一首题名《湘绣被面》的力作，被选入大陆多种诗歌读本，广为人知。次年再次回长沙时他特地来到五一广场旁边的名店湘绣大楼参观，面对满目琳琅的锦绣，赞不绝口。出门时我们一起留下了一张以大楼为背景的照片（见下页）。

就在这次与他见面时，我请他为故乡的文艺期刊《新创作》撰稿。返台后不久，他便寄来了一篇散文，题名《黄泥巴巴》。说的是一件青年时在大陆的往事。那时他每次出远门，母亲都要抓一

1989年摄于长沙市五一广场（右起：李元洛、未央、杨里昂、向明及夫人、易允武）

把洁净的黄泥，用草纸包着，放进他的行李箱中，并说，到外地如"水土不服"，用滚水冲服，可以缓解症状。他曾经屡试不爽。至今在台湾家中还留着一包从家乡带去的这种"灵药"。他不时拿出来看看，以慰乡愁。文章写得生动感人，所以我至今记得。读了此文，我才知道他不仅是一位成功的诗人，还是一位功力深厚的散文家。

随后他又应《长沙晚报》副刊之约，写了一篇题为《水渡河》的散文，刊发在1990年元月该报"橘洲"副刊上，也是写的故乡往事，与《黄泥巴巴》一文可称双璧。这年末，大陆各报联合举办副刊优秀作品评奖，《水渡河》一文从选送的上千件诗文佳作中脱颖而出，一举获得一等奖。这也是台湾作家首次在大陆获奖。消息传到海峡彼岸，同仁们都为他祝贺。颁奖时，他因有事未能亲来大陆领奖。

1991年元月中旬的一天，向明先生再次偕夫人返回故土，长沙市作家协会当晚在五一路新华楼为他们洗尘，出席的有元洛兄、李

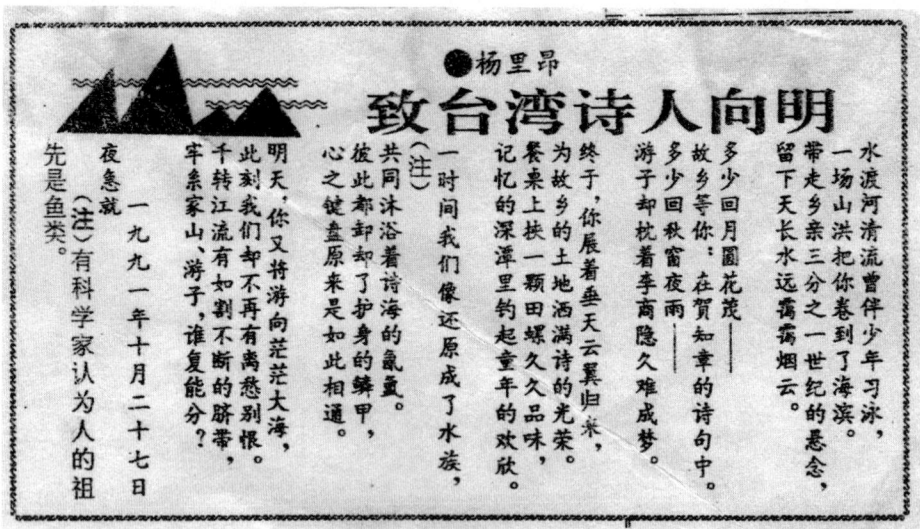

●杨里昂
致台湾诗人向明

水渡河清流曾伴少年习泳，
一场山洪把你卷到了海滨，
带走乡亲三分之一世纪的悬念，
留下天长水远露霭烟云。

多少回月圆花茂，
故乡等你：在贺知章的诗句中。
多少回秋窗夜雨，
游子却枕着李商隐久难成梦。

记忆的深潭里钓起童年的欢欣。
餐桌上挟一颗田螺久久品味，
为故乡的土地洒满诗的光荣。
终于，"你展着垂天云翼归来，

一时间我们像还原成了水族，
心之键盘原来是如此相通。
依此都卸却了护身的鳞甲，
共同沐浴着诗海的氤氲。(注)

明天，你又持游向茫茫大海。
此刻我们却不再有离别恨。
千转江流有如割不断的脐带，
牢系家山，游子，谁复能分？

一九九一年十月二十七日
夜急就

(注)有科学家认为人的祖
先是鱼类。

杨里昂发表在《长沙时报》"橘洲"副刊上的诗

少白、《长沙晚报》副总编辑黄林石等七八人。用餐之前，黄林石先生向他补发了奖状和奖金。他接过以后，仔细观看了奖状，接着又从包中取出与奖金同等数量的现钞，一并交到我的手中，委托我将它捐赠给市有关部门，作为家乡救灾之用，在座诸君立即报以热烈的掌声。我郑重地接过向明先生递过来的信封，只觉得它沉甸甸的，我们一直畅谈到深夜。事后，元洛兄以《月是故乡明》为题写了一篇精妙的散文，以记其事。我回到家中，心绪久久不能平静，我久不作新诗，这时却不由自主地拿起笔来，写下一首《致台湾诗人向明》的短诗。此诗连同元洛的文章，一并刊载于当年12月的《长沙晚报》"橘洲"副刊上。

这次聚会后，我们虽未再见面，但鱼雁相传、书刊互赠一直延续到新的世纪。

（2024年改就）

湘滨梦痕

XIANG BIN MENG HEN

我所知道的湘剧《园丁之歌》创作经过

我于1969年下放芷江，1971年调回，在长沙市文艺工作室担任《长沙文艺》（即今《创作》杂志的前身）编辑。1972年5月23日是毛主席《在延安文艺座谈会上的讲话》发表30周年，全国开展大规模纪念活动。长沙市革委会文化组决定举行长沙市第一届工农兵文艺会演，要求市属各系统、各区、驻长部队广泛发动群众参加这次活动，事先在各系统、各区举行会演，选拔优秀节目参加全市调演。当时，我的老同事、下放时的战友张尔中同志在南区文化馆抓这项工作。1972年春节后不久，张尔中同志来找我，拿来一个剧本叫我看一下，提些意见。我告诉他：市文化组专门成立了会演办公室，负责具体工作，我没有参加会演办公室的工作，请他将剧本送会演办看看。那时大家的组织原则都很强，因此我不愿随便发表意见，张尔中同志说："你私下帮我看看，我不说代表市里的意见就是。"我只得按照他的要求看了剧本。

原作是一个四幕大型花鼓戏剧本，署"碧湘街小学集体创作"，未署执笔者姓名。张尔中同志告诉我，是由该校语文老师梅嘉陵同志执笔的。剧本写的是驻校工宣队员帮助一个顽皮同学的故事，生活气息较强，故事也较为完整，但存在较多不足，结构松散，戏剧性不强，主要正面人物形象不够突出等。我读后写了一篇四页纸的意见，提出了四点修改建议。一是建议将主题改为批判"读书无用论"，将顽皮学生定格为"读书无用论"的受害者来帮助，这样，剧本更有现实意义。二是建议将原来的多幕剧改为独幕剧。因为业余剧团排演大戏不具备条件，还是改

长沙市湘剧队最初演出的《园丁之歌》剧照

为小戏为好。因此应将原剧中的出场人物减少，情节更集中一些。第三、四条是关于艺术处理方面的（从略）。

几天后，张尔中同志将我写的这份意见书拿走了。又过了三个月，全市会演于5月23日在湘春路工人文化宫剧场揭幕，南区代表队在会演中上演了这个剧，剧名改为《新来的女教师》，为独幕剧。我提出的那些意见大都被他们采纳。我看了演出，演出效果不错。事后，市文化组决定从这次会演中挑选一些优秀剧目交专业剧团加工、修改后演出，《新来的女教师》成为首选，由市湘剧队专业编剧柳仲甫同志担任此剧修改任务。为此曾组织过一次座谈会，更广泛征求对该剧的修改意见。我也参加了，在会上谈了些看法。柳仲甫同志对该剧作了一次大的改动，正式定名《园丁之歌》。

改编后的剧本主题更突出，人物形象更鲜明，戏剧性也大为加强了，但文字还不够精练，尤其是唱词文采不够。柳仲甫同志找了

●《园丁之歌》改编执笔者柳仲甫

我，要我帮他润色一下。我和柳仲甫相识十多年。他是个工人出身的作者，以前就经常在我编辑的刊物上发表曲艺小剧本之类的作品。我不好推辞，市文化组遂抽调我去帮助他工作了一个星期。当时已是1972年深秋，我正在编1973年第一期《长沙文艺》的稿子，便将《园丁之歌》剧本发表在这期刊物上，这是《园丁之歌》首次以书面形式面世。如何署名，我不能做主，于是请示了市文化组，经他们研究决定署"碧湘街小学原作，长沙市湘剧队改编，柳仲甫执笔"。后来长沙市湘剧队排演了《园丁之歌》，参加市里和省里的专业剧团会演，都获得好评。当时省里指示将《园丁之歌》和《送货路上》等三个优秀剧目拍摄舞台艺术片。省里又组织班子对《园丁之歌》作了一些修改，与我经手发稿的本子稍有出入，仍按原来的样子署名。电影片当时尚未公演，在送中央审查时被枪毙了。

1977年，《园丁之歌》剧本在《人民文学》上发表，并出版了单行本，电影艺术片也在全国公开上演。

（2009年）

追忆《创作》创刊时

《创作》杂志迎来了它的三十岁生日。作为当年的创办者之一，它诞生时的情境至今记忆犹新。

我市文联早在1959年就出版过一种公开刊物，但后来停刊了。大家要求市文联再创办一个文学刊物，却迟迟未获批准。到1981年，除个别偏远省区外，全国各省会城市文联都办起了自己的文艺刊物。市里领导得知这一情况后，指示我市立即创办刊物，并说："我们

● 长沙市芙蓉区望麓园《新创作》编辑部旧址

起步虽然迟了些，但要迎头赶上，做到后来居上。"我们大受鼓舞，也深感肩上担子沉重。

条件很差，起步艰难。当时连办刊的房子都没有，我们只得向望麓园革命纪念馆借了一间屋子，摆上几张桌子便"开张"了。

专业编辑人员缺乏，就从业余作者中调来了几位。我们决定办的是一本青年文艺刊物，需要一些青年编辑。恰逢恢复高考后第一批大学生毕业，当时湖南师范大学中文系应届毕业生中有几位已经在文坛崭露头角，号称"九才子"，我们吸收了其中三位：张新奇、贺孟凡和田舒强。

我们用两句话概括了办刊宗旨——

以扶植文坛新秀为己任，努力作当代青年的知音

这两句话印在每期刊物扉页显著位置。这一宗旨得到文学界前辈的认可。在京的湘籍老作家萧三、沈从文、丁玲、廖沫沙、朱仲丽等，都对家乡的这个新刊物给予支持，寄予厚望。沈从文先生用他清秀的瘦金体字为我刊题写了刊名，并赠送照片。老诗人萧三热情洋溢地寄来一首贺诗。关爱这个新刊物的不止湘人。以长篇小说《李自成》名噪一时的姚雪垠先生也兴致勃勃为我刊题词。全国各地的青年作家为我们寄来了众多稿件。在湘的著名作家康濯、彭燕郊、未央、谢璞、孙健忠、王以平、叶蔚林、古华、谭谈、张扬、莫应丰等都应邀前来为我们举办的青年文学讲习班上课，或为青年作者评点习作，或为刊物撰写介绍创作经验的文章。

在为刊物取名时有一段小小的插曲。我们用公开征集的办法收到几百个刊名，市委宣传部领导从中选定了"创作"二字。我们在

沈丛文赠予《新创作》的照片　　　　沈丛文题签

与邮局交涉征订事宜时，他们
提供了一个信息：外地已有一
家同名刊物。领导说：那我们
在"创作"二字前加一个"新"
字好了。刊名就这样定了下来。
用了十八年，直到21世纪之初
才恢复《创作》原名。

　　作为一家市级文联的文艺
刊物，自然不能与国家级、省
级刊物去争高下。但我们在扶
植青年作家，特别是本土作者
方面是费了不少心血的，成效
也是有目共睹的。经过十多年
的艰苦经营，一批文学新秀从
我们的刊物上脱颖而出。如今

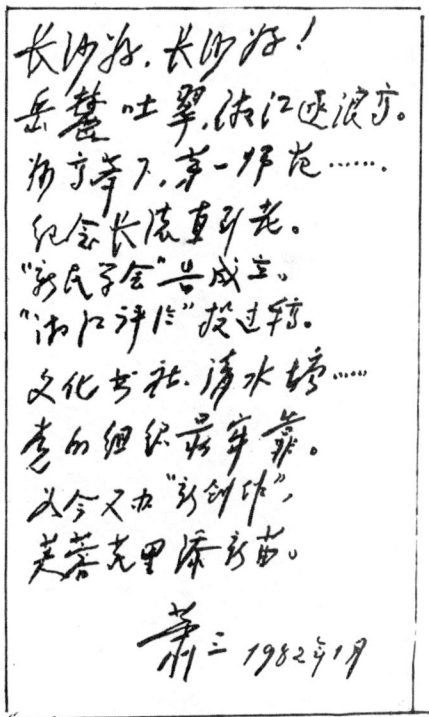

著名老诗人萧三为《新
创作》创刊题诗手迹

饮誉海内外的著名女作家残雪就是其中最突出的一位。她的处女作《污水上的肥皂泡》就发表在1985年第1期《新创作》上。后来她曾几次深情地谈到此事。通俗文学作家戴云，当年是一个业余评书演员，很会编故事，他将自己创作的一段评书稿子送到编辑部，经过编辑们和他反复磋商，几易其稿，还为它取了个醒目的标题：《闯王余部复仇记》。作品发表后，他的创作劲头大增，一发不可收，至今已出版数十部小说，总字数达两千万以上，真可谓著作等身了。刊物出满一百期后，我便在20世纪最后一年退休交班了。21世纪以来，《创作》杂志又有了新的发展，近年来出版了少年习作版。江山代有才人出，我深信，假以时日，今天的少年习作者中必有人成为文学新星。

（2012年）

潇湘诗会忆往

1986年春天,湖南文艺出版社推出了一套"潇湘诗丛",全部系当时湖南主要中老年诗人的作品,其中有朱健先生的《骆驼与星》、未央先生的《假如我重活一次》、钟黔宁先生的《湘水谣》,也有我的一册《燕泥》。这是湖南诗歌界的一件盛事。当时,湖南文艺出版社社长黄起衰先生是我的老朋友,曾多次参加过我市举办的诗歌活动,知道长沙市文联有举办朗诵会的传统。诗丛出版后,他打电话给我,告知社里打算举办一次大型诗歌朗诵活动,以推广"潇湘诗丛",想与我市文联联合举办,我欣然表示同意。随后,"潇湘诗丛"的编者、诗人弘征先生与我联系,两人共同商量了诗会的具体计划。"潇湘诗丛"之名来自陆游的名句"挥毫当得江山助,不到潇湘岂有诗",故而朗诵会定名为"潇湘诗会"。以往长沙举办的多次诗会都系文艺界内部活动,不曾对外公演过,这次我们尝试对外售票,票价为当时一张电影票的价格——二角五分钱。诗会地点选在地处市中心的长沙青少年宫,著名儿童文学作家李少白先生当时在那里担任主任,他对诗会鼎力支持,前台工作全部由青少年宫包了下来。这次诗会还得到了湖南省文联、湖南省作家协会以及省会各电台、电视台等新闻媒体的高度重视,它们都共同列名为举办单位。诗会定于当年5月11日(星期日)下午举行,事先

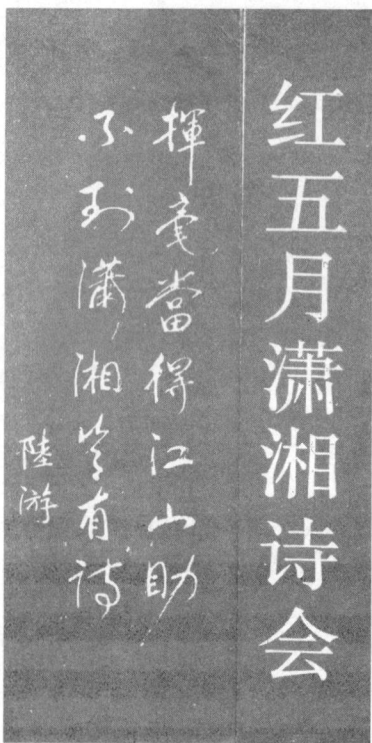

红五月潇湘诗会

挥毫当得江山助

不到潇湘岂有诗

陆游

○1986年首届潇湘诗会请柬

省会各主要报纸接连三天免费为诗会刊登广告，先声夺人，几百张入场券不到两个钟头全部售完。诗会上朗诵的诗作以这套丛书的作者作品为主，兼顾其他中老年诗人。聘请湖南省话剧团、湖南省电台的演员、播音员担任朗诵，著名演艺家廖炳炎、著名朗诵家薛理等都参加朗诵，他们的精湛朗诵艺术为诗作增色不少。记得薛理先生出场刚一开口就被观众的掌声打断了。剧场里安静得出奇，听众们都凝神静气沉浸在浓郁的艺术氛围之中。剧场工作人员告诉我，场内秩序比平日放电影、演文艺节目时都要好。朗诵完毕后，又在剧场休息厅举办了诗人当场签名售书活动，一千多本诗集，不大一会儿便全部售完。这次诗会，省会各电台、电视台都作了现场直播。次日，《湖南日报》用半版篇幅，以"爱诗者的集会"为题，报道了诗会的盛况。诗会的影响超出了我们这些组织者的预期。会后，一位参加诗会的旧体诗老作家对我说：想不到新诗这么受群众欢迎。几天后，我到湖南图书馆去还书，在文学书籍外借处，一位素不相识的年轻女管理员叫我的名字，她告诉我，她在诗会上见到过我，并购买了我的诗集。谈起诗会她十分兴奋，希望今后能经常举办这类文学活动。

既然群众如此热爱诗歌朗诵，我们决定将"潇湘诗会"的名

第四届潇湘诗会舞台设计

目保留下来，将活动坚持下去。这时，李少白、谢午恒先后调入文联，我和他们一起，又于当年国庆节后举办了第二届潇湘诗会，这次仍在青少年宫举办，以朗诵青年诗人的作品为主，推出了刘犁、刘波、聂沛、骆晓戈、谢午恒、彭国梁、王晓利、郭光、胡的清、银云、匡国泰等一批诗坛新秀的作品。次年5月又举办了第三届潇湘诗会。

起初几届的朗诵者及工作人员都是尽义务，没有什么报酬。大家都十分敬业，利用休息时间排练节目，做各项准备工作。

后来由于经费短缺，我们便开始走出文化圈，到基层去寻找新的途径。1990年5月的第四届诗会便是与湘泉酒厂共同举办的，同时还举办了一次"湘泉杯"诗歌创作竞赛，在诗会上举行了优秀作品颁奖。同年10月又与共青团湖南省委、省教育厅高教处共同举办了"大潮颂"校园潇湘诗会，这次诗会改变了由专业朗诵者朗诵诗作的惯例，先在各高校举行朗诵比赛，诗作者和朗诵者全系在校大学生，从中选了一批优秀节目，在湖南剧院连续举行了三场公演，然后又轮流到各大学演出，深受大学生们的欢迎。原来没有安

2018年与诗人胡述斌（前排左二）以及各位朗诵者摄于"二十四节气"潇湘诗会

排到湖南医专演出，我的一位老校友当时担任该校党委书记，他看了诗会节目后特来找我，一定要到他们学校去演一次。像这样的加场还不止一次。

2000年我与李少白先生先后退休，但潇湘诗会却并未中断，时任长沙市精神文明办负责人的胡述斌先生、长沙市作家协会负责人唐樱女士继续为诗会做了大量工作。由他们主持的2000年12月的"走进新世纪"潇湘诗会展现了新的风采。2008年的端阳潇湘诗会更是盛况空前。诗会在长、望、浏、宁四县分头举办，随后又在田汉大剧院集中展演，这次诗会的参与者达数万人之多。2017年胡述斌、彭国梁等倡办的"二十四节气潇湘诗会"更有新的创意，由大型的集中活动变身为小型聚会形式，使诗歌深入到了基层。

三十多年来，潇湘诗会的旗帜一直不倒，显示了湘城文艺界和民众对于诗歌的执着，这在全国都颇为罕见。如今它已成为一个品牌。它与20世纪80年代兴起的黄泥街书市、杜鹃花民间艺术节，可以并称为新时期以来长沙的三大文化看点。

（2008年）

百泉轩品茗纪盛

　　岳麓书院中的百泉轩真是个佳妙的去处，它后靠麓山，前有名泉。几楹青瓦白壁平房，清幽至极。我的朋友、青年诗人江堤先生供职于书院，他的工作室就在百泉轩旁边。此时，他正和陈惠芳、彭国梁弄乡土诗。5月间，他们从湘西得到一些新采的名茶——石门银锋，特地邀了几位诗友前来品茗谈诗，我也在被邀之列。

　　我与烟酒都不沾边，唯一的嗜好便是品茗，尤好绿茶。我曾作一首题为《我的三友》（"三友"指茶、书、药）的打油诗，其中有句云：

　　　　清茶是我的老白干，每天要饮好几觞。
　　　　假如一天没喝够，好比好戏看半场。

　　好茶还得好水沏。百泉轩中的古井，水洌泉清是出了名的。如此好事我岂能错过？于是如约按时前往。进门时，于沙、彭国梁等几位已先到了。地主江堤正在前前后后张罗，让服务者将茶水一一送到每位的案前。当我揭开碗盖，一股清气扑鼻而来，正是我偏爱的绿茶。喝了几口，只觉得别有一番滋味。我们的话题便从茗茶开始，由茶又扯到诗。南宋著名理学家朱熹当年来长沙主持岳麓书院，曾在这里居住过多时。话题又自然扯到老先生的身上。我对于他所倡导的理学，一向不感兴趣，但对他的诗作却甚为喜爱，尤爱《观书有感》一诗：

半亩方塘一鉴开，
天光云影共徘徊。
问渠那得清如许？
为有源头活水来。

读书心得本是纯理性的东西，他却借用一个比喻，将抽象的思维以形象出之，十分精妙。我把自己的想法说了出来。这时，江堤先生忽然从座位上站了起来，谈了他多年研究岳麓书院史料的心得，指出朱熹此诗就是在百泉轩中写成的。他此言一出，满座皆惊。因为这是前人不曾发现的。他还说诗中的"半亩方塘"就在轩后，大家十分激动。我请他带我们到现场实地看看，他立即打开轩中后门，我们便跟着他来到后院，一口十来平方米的小池果然映入我们的眼帘。小池靠山的一边有一道土坎，一脉清泉正汩汩地注入池中。江堤先生指着小池向我们解说，说得有理有据，大家都佩服他的考证精当，令人信服。这时，我们的会场便从室内转到室外，大家或立或蹲，围在小池边畅谈良久。日渐西斜，池边翠竹的影子映在百泉轩后墙的白壁上，摇曳多姿，带了相机的朋友，便取此景，为每人拍了一张彩照，留作纪念。

百泉轩后院留影

○ 1994年5月摄于岳麓书院百泉轩，分别为江堤（左一）、杨里昂（左三）、于沙（左四）、彭国梁（左五）

随后，在江堤先生的导引下，沿着方塘边的小径，大家登上岳麓山，边走边谈，不觉来到爱晚亭前。

爱晚亭我已记不清来过几多次了。但是这次又有新的发现。亭中的石柱上刻有一副我熟悉的名联：

山径晚红舒，五百天桃新种得；
峡云深翠滴，一行驯鹤待笼来。

我反复吟诵，总觉得此联很有费解的地方。历来都认为爱晚亭之名是从唐人杜牧《山行》的名句"停车坐爱枫林晚，霜叶红于二月花"而来。杜诗写的是秋景，"红"特指"霜叶"。但亭联写的却全是春色，联中的"红"指的是"天桃"。一般地说，亭名和亭联应该是相对应的，为什么爱晚亭之名与楹联有如此大的反差，我很不理解，于是请教在座诸君，大家议论了一阵，还是说不出所以然。我转对江堤先生说："你是这方面的专家，还是请你考证一下吧，下次聚会再听你的高见。"他笑而不答。此时天色已向晚，于是大家尽欢而散。

回到家中，当晚我久久不成寐，索性披衣起身，在灯下草就了一篇韵文，留作纪念，兹录于下：

时维五月，序属残春。文朋诗友，小聚湘滨。

千年学府，窗明几净。百泉古井，水冽泉泠。

石门银锋，茗中佳品。开封启匣，满室清芬。

一盏入口，气爽神清。三盏润喉，谈兴剧增。

麓山旧事，温故知新。朱张高咏，朗诵低吟。

座中有客，考证尤精：《观书有感》，即此而成。

"半亩方塘"，至今犹存。一言既出，四座皆惊。

于是移案，大敞门庭。一泓澄碧，果映眼中。

绕池三匝，怀彼哲人。如闻明教，如睹丰容。

韶光迅忽，日近西峰。风生竹末，凤尾摇旌。

影留白壁，妙趣天成。呼朋引类，就景写真。

水榭盘桓，兴犹未尽。寒山石径，旋复登临。

红叶亭前，吾温旧梦。青枫桥畔，谁觅情踪？

俄顷薄暮，别友离群。踏青归去，灯火满城。

难得半日，脱俗超尘。以茶会友，岂可无闻？

书此数语，以纪其盛。夜阑秉笔，犹有余馨。

（1994年）

长沙书市谈片

　　20世纪50年代初，我在楚怡学校上高小，每天上学放学都经过与学校一街之隔的南阳街。那时，南阳街和与之相接的府正街，是长沙著名的书铺街，几乎每家店铺都经营书刊文具。我出生于一个书香之家，老家中藏书很多，但当我看到这里书店栉比、书如山积的情景还是大为惊异。每天都要在这里盘桓良久，这家看看，那家翻翻。作为小学生没有什么购买力，我是将书店当成图书馆来看待的。府正街口的中华书局门市部，店堂宽敞明亮，书籍品种齐全，是我最爱去的地方。每天晚饭后便去，坐在书架下阅读，一直要到九点半钟书店打烊，才恋恋不舍地离开。巴金的长篇小说《家》《春》《秋》，无名氏的《北极风情画》等名著，都是在那里读的。那时书店的营业员服务态度很好，从不嫌弃我们这些只看书不买书的穷学生。1952年，五一中路上建起了一座高大的新华书店门市部，进了中学的我，每个星期天都往那里跑。但仍然常到南阳街来，因为这里有许多民国版本的书籍出售，这是新华书店所没有的。而且打特价，三五分钱便可买上一本。我至今还留着一本俄国作家迦尔洵的《红花》，就是六十多年前从南阳街买的。虽然已经破旧了，我仍舍不得扔掉。每当看到它，便让我想起少年时代逛书市的情景来。到了1956年我读高中时，这里鳞次栉比的书店却全都不见了。原来实行了全行业公私合营，这些小书店都合并到新华书店了。此后很长一段时期，整个长沙城只剩下五一路一家新华书店，另外黄兴南路上有一家分店。不见了书铺街那些熟悉的店铺，我像失去老朋友一样惆怅不已。我很不理解，"工商业的改造"应该让市场更繁荣，为什么要弄得这么单调呢，多一些书店不是更好吗？"书市"这个名词从此便从我脑海中淡出了。直到20世纪80年代后期，黄泥街书市的兴起，它才重新回到我的生活中来。

黄泥街是我再熟悉不过的地方。因为20世纪60年代我所工作的长沙市文联就设在这条街上的双鸿里巷内。我每天都要从黄泥街走过好几次。那时它是一条比较冷僻的麻石老街，街上既没有大的商店，也没有重要机关。但它也有过繁荣的过去，因为它的西街口正对着著名的玉泉山观音寺，旧时每天都有许多善男信女从这里经过。尤其是每年农历八月，湘北的香客到南岳去进香，经过长沙必来玉泉山朝拜。那时黄泥街上整天人流不断，钱纸香烛铺、饭店、旅社生意十分红火。后来破除迷信，香客不来了。没想到几十年后，书市的兴起又重新给它带来了欣荣，甚至于名扬全国。

长沙的书市何以在这里兴起呢？我想与它独特的地理位置不无关系。因为它位于五一路新华书店后面，双鸿里的终点便是新华书店仓库的后门。去新华书店的人很多都要从黄泥街的两头街口经过。我就是一次去新华书店途经这里而与之发生关系的。当我看到这条熟悉的冷僻街道突然繁盛起来，街两边全部被书摊书店占位，我又有了像当年第一次上南阳街那样惊奇的感觉。比起当年的南阳街来，这里稍显凌乱，老板和店员的素质也不如从前那些"老书店人"，处处显露出初创时期的特征。但是它能在短时间内形成这样的规模，实属不易。它给了书友许多欣喜，也给他们带来了方便和实惠。

在这里你可以买到一些国营书店里买不到的书。那时，长沙虽然增加了几处新华书店门市部，但由于进货渠道相同，所以各门市部书籍品种基本一致。这家没有的书籍，另一家也见不到。黄泥街这些小书店虽然规模不大，经营的品种也远没有新华书店那么丰富，但是，因为进货渠道不同，因此大书店见不到的品种，这里却往往能觅到。一些书刊品种，大书店卖过一浪以后，就再也找不到了，但在黄泥街常可淘到。这些小摊小店恰好成了国营书店的补充。

书市的书籍都有折扣，也是吸引顾客的原因，能用同样的钱买到更多的书，哪个书友不想呢？记得那时出了一套新版《鲁迅全集》，售价530元，我很想买，大书店分文不能少，当时我的月收入不到2000元，买与不买很是犹豫。转而来到黄泥街，一家小书店也有此书，他给了我七折优惠，只要300多元，我便毫不犹豫买下了。

灵活的经营方式给顾客带来了方便，我也深有体会。20世纪80年代上海书店发行了一套《新文学大系》影印本共10册，分批出版的，我购了前面几册，后面的却未购到，我一直想配齐，却没有机会。一次我看到大书店书架上有此书，满心欢喜，但一问，必须购买全套（这套书每册都有单独定价，按规矩应属可以分册出售的，但这家书店却不执行），我只得悻悻离去。另一次我在黄泥街觅到此书，店主拆零卖给了我，使我得以配齐。由于它带来诸多好处，我一直对黄泥街书市心存感激。

1990年黄泥街书市整体搬迁到了定王台，当时我家位于定王台毗邻的凤凰台，书市来到家门口，更让我乐不可支。

作为一名读书人，两次亲历长沙书市的变迁，也算是一种缘分吧。

（2006年）

辞书——我的终生良师

我活到五十岁，终于有了一间书房。它不足10平方米，临窗放一张书桌，两边靠墙放四个书柜，而辞书就占了其中的半个。我对辞书情有独钟，因为从那里我获得了许多知识，它们是我终生授业解惑的老师。在这众多的辞书之中，一册1936年商务印书馆版的《辞源》更是我的心爱之物，它伴我走过了半个世纪的人生历程。

我出生于一个知识分子家庭，父母都是教师。从我有记忆起，就看到父亲的书桌上放着两本厚厚的《辞源》。父亲每当备课、改作业、读书，遇到什么疑问，便去查《辞源》。漆布封皮早被磨损得斑斑驳驳，父亲仍然十分珍爱这册工具书，工作到哪里就带到哪里。他在语言文字方面颇肯下功夫，辞书的天头地角留有他用蝇头小楷批的许多文字。有的字他认为部首归类不合理，便写出应放在某部的理由；有的是他补充的内容，如某字的方言用法等。

我起初并不懂得这两本厚书的价值，直到母亲遇到一件事后，我才明白它的重要。那时，我母亲在家乡一所中心国民学校担任三年级老师，一次班上办墙报，母亲为它题了个"惠中"的刊名，取"秀外惠中"之意。有的老师看了，认为这"惠"字是个别字，应该用"慧"。一时议论纷纷，官司打到校长那里。当时乡间小学任教的多是些旧式知识分子，新知识虽不多，但对中国文字颇有考究。要是哪一位老师写了或读了一个错别字，他们便会将此事闹得沸沸扬扬，使得这位老师在校中站不住脚，甚至因此丢掉饭碗。母亲是省城正规师范毕业生，学历远在其他老师之上，他们很有些为难她的意思。周末回家时母亲将此事告诉了父亲，父亲立刻去查《辞源》。《辞源》上正作"秀外惠中"，其下注明"惠亦作慧"。在"惠"字条下的第六款也明白地写着："惠字通作慧，古聪慧多作惠"。问题迎刃而解，流言不攻自破，母亲得到了校长的称许。

辞书的作用，大矣哉！因此在我幼小的心灵中这两本厚书成了神圣之物。

那时，我父亲爱读的书，我也搬来读，遇到不识的字就去翻那两册厚书。父亲见我艰难查找而收效甚微，便从抽屉里取出一本《王云五四角号码小字典》交给我说："《辞源》你现在还掌握不了，先学会用这本吧！"他打开小字典，指着扉页上大学者胡适之作的"部首笔画歌"，逐句作了解释，叫我背熟："一横二垂三点捺，四权五插方块六。七角八拐小是九，点下带横是零头。"

我很快背熟了这首歌诀，并学会了使用这本小字典，通过它的帮助，我读懂了许多当时我那个年龄层次无法读懂的书籍。一次，学校里举行查字典比赛，我带着这本小字典去报了名，居然以满分取得了冠军。而且我花的时间比别人少得多，因为"四角号码"简便省事，只要用得熟练，可以事半功倍。这件事轰动了全校，高年级的学生都来看我这本当时尚属少见的字典。整个小学阶段它天天装在我的书包中。我的这件珍贵的宝贝后来不慎丢失，我至今怀念它。

当我升入初中的时候，结交了一位益友。他是我父亲所在小学的一位刚从师范毕业的青年教师。寒假里，我回到父母所在的乡村

◗ 2004年2月作者于凤凰台住所书房

小学。当时我父母以校为家，学生放假走了，老师也大都回家了，那位青年教师无家可归，我们很快成了朋友。他爱好文学，读书十分用功，那时他在自修大学中文课程，邀我一起攻读。他把自己的《古文观止》《楚辞》《诗经》等书籍借给我，有不理解的地方，我便去请教父亲桌上那厚厚的辞书。就这样，在一个寒假和一个暑假，我自学了大学全部古典文学课程。

我读高中的最后一学期，父亲下放到农场劳动。书架上他心爱的《辞源》很快蒙上了厚厚的尘埃。两年后我从师范学院出来，当了一家文学刊物的编辑，他见我正用得上这册工具书，便将它交到我手上，我像得了传家宝一样郑重地接过了它。从此，它便摆在我书架上最显眼的位置。1969年，我下放农村劳动时，书籍大都处理了，只留了一套《毛泽东选集》、几本《鲁迅全集》和这两厚本《辞源》。《毛泽东选集》《鲁迅全集》读了多遍，又无其他书可读，闲时我便漫无目的地翻阅起这两本《辞源》来。我越看越有味，因为以前只是为查某一词条才去翻它，其他无关的条目从不曾涉猎，像现在这样没有目的地翻阅，竟使我增加了许多过去不曾了解的知识，而且校正了我过去一些读得不准、用得不当的词语，真是获益匪浅。

随着时间的推移和学术的发展，如今这册1936年商务版《辞源》已算不上是权威的工具书，使用它的机会也少了。然而我始终不愿意将它从书柜中显眼的位置上换下来。闲着无事，我还常常将它搬出来随便翻一翻。每当我触摸着它那发黄的纸页，有如握着故人的手，真有说不出的情感。那些愉快的读书情景又会从书页之间跳出来，我仿佛又回到了美好的少年时代，那伴我晨读的苦楝树下的石凳，那照我夜读的昏暗的油灯，又历历重现眼前……

（1987年）

"缘缘堂"伴我走过一甲子

　　我的书架上民国版本的书籍不多，而我最为珍爱的则是两本20世纪30年代开明书店初版的《缘缘堂随笔》和《缘缘堂再笔》，它们伴我度过了将近六十个春秋。这两本书是先父的遗物。父亲是个读书迷，现代作家中他爱读"三堂"：知堂（周作人）、玉堂（林语堂）、缘缘堂（丰子恺），而以"缘缘堂"为最。丰先生的文集和画册他都必购。抗战胜利后，他到省城长沙治病，带了一批新文化读物回到老家宁乡麻山，这两本"缘缘堂"随笔便是那次购得的，还有丰先生的漫画集《儿童相》《都市相》《古诗新画》等，他将后者给了我。童年时我们父子共读"缘缘堂"的场景至今留在我的记忆中。冬天的夜晚，严寒难耐，我们和衣横卧在床铺上，足下置一火桶，身上覆着棉被，两人头部之间放一个小木盘子，里面置一盏煤油灯。他读文集，我看漫画，《郎骑竹马来》《椅子四只脚》等图画，使我乐不可支。父亲看到精彩处，常常露出会心的微笑，我问他笑什么，他说："你还不懂。"父亲在读过的两本随笔上画了许多圈圈点点，那时我六岁，已识得一千多字，我觉得让父亲发笑的地方一定与他批的圈点有关，便趁着他上课去的时候，翻看书上打有圈圈点点的地方，果然有了满意的答案。父亲读得发笑的文字，正是他与丰先生有同样感受的地方。比如他在《闲居》一文的下列文字旁边加了几道密圈——

> 我在贫乏而粗末的自己的书房里，常常喜欢……把几件粗糙的家具搬来搬去，一月中总要搬数回。搬到痰盂不能移动一寸，脸盆架子不能旋转一度的时候，便有很妥帖的位置出现了。那时候我自己坐在主眼的座上，环视上下四周，君临一切。觉得一切都朝宗于我，……想象南面王的气概，得到几天的快适。

刊载于《新创作》诗专刊（1983年元月）上的一幅丰子恺佚画，锌板由宁乡诗人黄假我所提供

原来父亲也正有这种癖好，常常为移动家具而累得满头大汗，我也跟着搬小件而弄得筋疲力尽，父亲却总是兴致勃勃。他的这种癖好，无形中又被我继承下来，妻子常颇有烦言，我便以丰老先生的名言为自己的行为辩白，她便不再吱声了。

20世纪50年代之初，父亲从宁乡到省城教书，只带了少数几本书籍，其中就有这两本"缘缘堂"随笔，后来这两本书转到了我的手中。20世纪80年代以来我购入了多种丰先生的文集，但我仍然经常翻翻这两本旧书，虽然它的纸色已经变黄，边角也有磨损，但一见它就如见故人，一种特殊的亲近感使我得到极大的满足。

作为丰先生的仰慕者，还有一件往事值得一记：那就是我曾经在《新创作》杂志上编发一幅他的佚画。事情的经过是这样的：

1982年初冬的一天，我正在望麓园编辑部阅稿，一位素不相识的老者前来找我。他一手挂着手杖，一手提着一个旧布袋。不待我上前打招呼，他便自报家门：姓黄名假我，宁乡人，本市某中学的退休教师，也是传统诗词的热心作者。我问他前来有何贵干，他没马上回答，却从布袋中取出一块用油纸包裹的供印刷用的锌版，郑重地交到我手中。我接过一看，上面是一幅画，立即认出此画出自丰子恺先生的手笔，便急忙问它的来历。黄假我先生告诉我：抗战胜利后，他在东北一所大学毕业，到沈阳一家大报当编辑。他喜欢作旧体诗，一次作了总题为《忆江南》的组诗。他也是丰先生的粉丝，便冒昧将这组诗寄给时在杭州的丰先生，请求这位不曾谋面的大画家为他作插图。丰先生收到诗作后很是喜爱，欣然同意为之配画。随后不久，便将画作寄来，黄假我先生便将诗画陆续在自己编辑的副刊上刊出，延续了好几周。收到丰先生最后寄来的一幅画时，由于时局紧张，报纸突然停刊。已经制成锌版的这幅画未能与读者见面，黄先生痛苦异常。随即他回了湖南老家，一直将这块锌版珍藏在家中整整35个年头，总想找机会将此画刊印出来，今天前来编辑部为的就是此事。我听了大喜过望，便请他写了一篇关于此画来历的文章，一并刊发在1983年元月出版的《新创作》诗专刊上。后来，我查阅了数十种丰先生的画册，都未收入这一幅。因此，我认为这应该是画家的佚作。我能为它的面世出一点小力，深感荣幸，黄假我先生多年的夙愿由我替他了却，算是我与"缘缘堂"的缘分吧。

（2010年）

记忆中的麻山锣鼓

　　冬天的夜晚，我躺在卧室里，卡拉OK乐声像潮水一样从邻居家涌了进来，我的卧榻仿佛变成一叶扁舟，被这潮水托起，将我送到天之涯、海之角。不知什么时候，潮水逐渐退去，我被一种微弱而熟悉的声音从异域他乡唤了回来。这声音是从一种被称作"大筒"的土乐器发出的。它与现代都市文明是如此不协调，然而它却像有力的纤绳牵引着我的心。我侧耳细听，终于辨明它是从楼下另一幢住宅工地上那低矮的工棚里传来的。毋须打听，从那特殊的韵味，一听便知它的演奏者来自我的家乡。

　　我的故乡本是一个音乐之乡，"麻山锣鼓"闻名遐迩。记得我做小孩子的时候，几乎家家备有乐器，人人都会吹打弹唱。那时乡下文化生活极为贫乏，每年秋后跑十里路去白云寺庙会上才能看到一回"人戏"，平常的娱乐，便只有鼓乐。逢年过节、迎神祭祖、婚丧喜庆，都少不了吹打一番。只有大户人家的隆重庆典才雇专业鼓乐班子，一般人家则都由业余吹鼓手充任。少则四五人——一鼓、二钹、一锣、一小锣，多则七八人——外加大筒、笛子、唢呐之类，几个人一围拢来，便将寂静的山乡敲得沸沸扬扬。小孩子最是"蚂蟥听不得水响"，哪里锣鼓一响，便打起飞脚往哪里奔，拼命往人堆里挤，直钻到离吹鼓手最近才罢休。乐师们那种悠闲自得、旁若无人的神态，令人羡慕极了。回到家里便翻转洗脸盆子当鼓打，揭下瓮坛盖子做锣敲。购置真锣真鼓要花很多钱，大人们一般不让小孩子去摸这些打击乐器。但大筒、笛子可以自制，毋须分文，这里的小孩子从小就会这种工艺。

自制乐器真是乐趣无穷。先找来一节五寸长的竹筒，配以竹制木柄，大筒的身子便有了。再在竹筒一端蒙上蛇皮，就可发声。大的蛇皮不易弄到，小孩子不敢抓蛇，但可用青蛙皮代替，而钓青蛙则是他们的拿手好戏。钓青蛙无须钓钩，只消在钓线一端束一个小棉花球即可。青蛙视力很差，看到棉花球在池塘边沿上下跳动，以为来了活食，便一跃而起，咬住不放。然后用布袋将它接住，半天下来，一个人可钓三五斤之多。择其最大者割其头，取其皮，阴干数月，蒙到竹筒上，叩之其声如鼓。弦线也有代用品。每年秋后，常有工匠自远方上门弹棉花，他们背着一张大弓，终日在白云堆中奏乐。小孩子在围观中大受启发，等匠人闲下来清理工具时，向他讨一节绷断的牛筋，用来上在大筒上，正合其用。最难得的是做弓线用的马尾，要等到过军队时才能得到。军队宿营时，往往将马匹拴在池塘边的大柳树上。等马夫一走开，他们便上去，先塞一把草给马吃，待与它混熟了，便去扯马尾。有时马被扯痛了，喘着粗气打起蹶子来，吓得他们赶忙退避三舍。不过马的本事比黔之驴高明不了多少，久之，他们便不再害怕了。马尾又是做钓线的极好材料，因为它不吸水，比麻线强多了，而自制钓竿又是童年的另一大乐事。因此，马尾多多益善。每当有军马过境，不拔稀几条马尾巴是不会轻易放手的。马尾到手，自制大筒便大功告成。于是每当黄昏之后，放学归来，小琴师们便聚在一起胡乱扯起来。初学时不成曲调，甚至噪音刺耳，大人们常讥笑他们在"杀鸡杀鸭"。但小孩

○● 麻山赵公桥

子却乐此不疲，就在这"杀鸡杀鸭"的噪音声中，成长了一代又一代乡村乐师。

遗憾的是，我这个麻山人却未能成为一名合格的乐师。因为十岁那年我便离开了故乡，到省城读书去了。我最后一次领略家乡鼓乐是离乡那年的春节。那是抗战胜利后的第一个年节，家乡最为热闹，龙灯狮子，这班去了那班来，到处锣鼓喧天。平日我从未见过父亲摸过乐器，这一年他居然也破了例。那一天，一班龙灯到我家院子里玩过以后，父亲将他们送出槽门。这时，他突然从乐队一位熟人手中接过一副铜钹，兴致勃勃地参与演奏起来，我第一次知道父亲也是一位称职的乐师。

我随着大队人马在初春的田野上进发，队伍拉得一两里路长。最前面是打三角大旗的，抬大锣大鼓的——那锣和鼓比脚盆小不了多少，吹大号的——那号身比小孩子的身躯还长；接下来是舞龙的，他们一个个将龙把子搁在肩上，披开衣襟，头上直冒热气。这班人全都趁过垄的机会在休整，只有小乐队还继续不停地演奏着，他们一边吹打，一边行进，因而落在队伍的最后面。看热闹的小把戏便尾随他们前行。阳光照得满垄油菜一片青葱，空气中流溢着鞭炮的香气，在这样的氛围中聆听乐队演奏，别有一番情致。他们奏完一曲《荷花出水》，又奏一曲《长槌子》，我完全被这清越的鼓乐陶醉了，多少年后我的耳际还时常萦绕着那些美妙的乐曲。

前几年，我从一本音乐刊物上看到一篇介绍我的家乡鼓乐的文章，文章说麻山锣鼓不仅曲牌丰富，而且演技精湛高超，在民间音乐史上有很高的地位。读了那篇文章，我为自己出生在这样一个音乐之乡而无比自豪。

我多么想重新回到父老乡亲中间，补上我不曾学会的东西，成为一名鼓乐之乡合格的村民啊。

（1996年）

消失了的古刹：玉泉山观音寺

　　玉泉山观音寺是昔日长沙城中香火最旺的名刹。20世纪60年代我所供职的机关设在黄泥街双鸿里，距它仅百步之遥，几乎每天都要从它身边经过好几次，因而对庙中的情形甚为熟悉。

　　玉泉山原址在今文运街湖南省电化教育馆内。它的格局与那时长沙一些著名寺庙如火宫殿、天宫府稍有不同。那些寺庙一般是山门内便是戏台，入门后从戏台下面进入庙坪，庙坪前方才是正殿。玉泉山原来也是有大庙坪和戏台的，但都在山门之外，占地广阔。1938年文夕大火时，戏台被毁，庙坪陆续被附近居民占去建了房子。此后玉泉山便没有了戏台和庙坪，但山门内主体建筑还在。寺庙坐北朝南，庙门前有一座高大的石牌坊。东西两侧各有一座石拱门，西边拱门上方镌"甘露"二字，东边拱门上镌"玉泉"二字，山门两旁各有一只大狮子。从山门进入大殿，穿过大天井，便到了正殿，殿堂上方悬着一盏长明灯，两边吊着有脚盆那么大的盘香，殿中长年烟香萦绕，烛光荧荧。

　　大殿的后面有一口井，因为这是"神水"，喝了可以消灾祛病，因此来庙里敬神的善男信女，必来喝一勺，有的还将神水灌入水壶带回去给家里人喝。每到夏天，井边更是人流不断。

　　庙井左边有厢房数间，民国时期在这里办起了一所初级小学，有四个年级，八个班。由于庙里香火旺盛，收入不少，学校的一切开支全由庙方负担，贫苦市民子弟还免除学费。

玉泉山原来本是祀奉观音大士的佛殿，因为那时每逢天灾，省城主官必须亲临陶李二公庙主祭。而二公庙远离市区，多有不便，便将二位真人请进城来，安置在玉泉山内，这样玉泉山便成了一处佛道合一的宗教圣地。

玉泉山的消灾效用被民国一些小报记者、旧式文人吹得神乎其神。据《湖湘旧闻录》记载：1924年夏天，长沙地区连降暴雨，四乡遭水患，当时的省长赵恒惕亲率文武百官前来玉泉山求神，祭祀陶李二位真人后不久，"天忽暗放晴光"，随后暴雨也中止了。人们无不欢天喜地，都说："至诚可以格天。"玉泉山的菩萨如此显灵，前来朝拜的人更多了。

新中国成立之初，破除迷信之风遍及城乡，不少寺庙被拆毁，也许顾忌玉泉名声太大，怕惹众怒吧，它竟然完好地被保存了下来，不过香火大不如前了。可到了20世纪60年代之初，这里又忽然兴旺起来。1962年秋天，湖南四乡数以万计的农民，自发地组织起来，结伴到南岳山进香。长沙是湘北进香队伍必经之地，他们逢庙必拜，而名扬四海的玉泉山更是非拜不可的。于是我得以在这里见到终生难忘的一幕。

那天下午，我办完公务骑自行车返回机关，来到蔡锷中路时，只见一支前不见头、后不见尾的队伍正向黄泥街进发，我不知是支什么队伍，便下车站在街边观看。只见他们每人头上缠着一根黄带子，手上拿着一张小木板凳，凳子的前方插着三炷燃烧着的线香，他们一个个面有菜色，表情漠然。一边行进，口中一边哼着我听不懂的曲子，离玉泉寺还有几十米时，他们一齐朝大庙跪下，在麻石

◐ 影片《怒潮》中的一个镜头，摄于玉泉寺山门前

地面上磕头多次。街道两边看热闹的市民，全都被他们的虔诚震撼了，大家屏声静气，向这些善男信女投去惊异的目光。进香队伍过了大约个把钟头，直到天近黄昏才过完，我尾随进入大殿，前面的香客在殿前举行了简单的祭祀仪式后，便从玉泉街向西边离去，只剩下一些未成年人和老者还逗留在殿中，他们一路冒着暑热长途跋涉，已经疲惫不堪，无力继续前行，便将随带的草席铺在走廊上，从包袱中取出些冷饭团就着自来水胡乱吃了些，然后倒头便睡，全然不顾阴暗的庙堂中饕蚊成阵。第二天一早我再去看时，他们全都悄然离开，地上连纸屑也没有留下一点。

我是平生第一次也是最后一次见到那样的场面。此后，玉泉山逐渐冷落下来。我下放去了芷江，几年后回城，玉泉山庙宇已不复存在。

但我一直对玉泉山寺庙不能忘怀。前两年，我和一位朋友应出版社之约写作一本《消逝的长沙风景》的书，我首先就想到了玉泉山寺庙。我想找一张老照片作为插图，但遍觅各图书馆、博物馆都找不到。绝望中，我忽然想起一件往事：1961年八一电影制片厂拍摄《怒潮》时，曾在玉泉山拍过外景。那次我参加了接待工作，记得该片由著名演员张平主演，他在片中担任赤卫队长，片中有一个他手持大刀，站在玉泉寺山门前的石狮子上向农民讲话的镜头。想到此，我便到定王台书市买了一张《怒潮》的影碟，回来一放，果然有好些玉泉山为背景的镜头，赶忙下载了几张编入书中。本文所附的这一张便是其中之一，没见过当年玉泉山寺庙的朋友，庶几可以领略它的风采之一斑吧？

（2015年）

陶公庙的庙会文化

　　从大围山中流出的浏阳河，在长沙东乡㮾梨拐了一个大弯，河湾的左岸临湘山从平畴突兀而起，它虽然高不过两三百米，却是一座灵峰，因为遐迩闻名的陶公古庙就坐落在山顶上。半个多世纪前，我就读的长沙县第一完全小学就设在大庙之中。暮鼓晨钟，日夕相闻。当年许多活动场面至今记忆犹新。

　　我是从宁乡来㮾梨的。在此之前，从来没有见过像陶公庙这样宏伟高大的庙宇。从庙坪要攀登四十八级台阶，才能来到大殿前面，庙中有大大小小数十间屋子，光是它的左厢就能容纳下一所三百来师生的完全小学，可见庙宇规模之大。

　　那时，临湘山上青松翠柏，参天蔽日，树林中栖息着数不清的白鹭和其他鸟类。每天清晨我总是被它们从睡梦中唤醒，于是披衣起床，来到山顶上的操场，开始晨练。这时，大群鸟类从我头顶掠过，飞向山下的绿野平畴，把我带进"漠漠水田飞白鹭"的意境之中。傍晚，我常在这里迎候它们归巢，脑海中浮现出"鸦背夕阳多"的诗句来。

　　山下庙坪中也有好些大树，那是要几人才能合抱的香樟，树冠展开，投下大片阴翳，即使在六月伏天，这里也全无暑气，不少乡民常来此纳凉，看相、算命、抽彩头的人也常年聚集在这里。八仙

西晋陶公庙

桌在树下摆开，上面放着惊堂木、签筒、鸟笼之类，身着长袍马褂、眼戴墨镜的摊主端坐桌前，说起话来声如洪钟，你若是来抽彩头，用不着自己动手，主人轻击一下桌面，笼中的灵雀便会伸出头来，从签筒中啄出一支竹签，掷于桌面上。这场景，让我这个外乡少年，大为惊异。

这里的庙会更是让人大开眼界。最盛大的是神主陶公真人的生辰庆典。陶公真人名淡，晋朝时人，相传他是名将陶侃的后人，一千多年前他和侄儿陶煊，来临湘山上修道，两人都活到一百多岁。真人仙逝后，人们将他的肉身用炭火烘干，周身缠上麻布条，涂上油漆，穿上袍服，供奉在这座专为他修建的大庙神龛之中。我在那里读书时，还亲眼见过真人的肉身。农历六月初六是真人的生辰，每年都要举行三天庙会，远远近近的善男信女都赶来参加。陶公庙的前前后后，到处摆着贩卖钱纸香烛和小吃的摊担，人们只能见缝插针地从其间穿过，进入庙坪。大殿的神案前一排排与人身等高的巨大蜡烛，映得庙堂通明透亮，身着礼服的乐师，分坐两厢，大殿檐廊上还有四个号手，他们手中的铜号比人还高。宰杀过的全猪全羊供奉在殿前。三通火铳响过，主持仪式的礼生宣布庆典开始。鞭炮齐鸣，金鼓同奏，长号发出的呜呜声响彻云霄。主祭者手捧一张黄纸，用一种特殊的声调宣读祭文，宣读完毕，将它在神主前焚烧。庆典的高潮是为真人肉身沐浴。几个高龄道士，先将真人从神龛中"请"出，再合力移出高堂，抬下四十八级台阶，置于庙坪中一座为祭祀特意搭建的高台之上，两边由人扶住。高台上早已准备了一扮桶（方形木桶）清水，道士们将真人身上被香火熏得墨黑的袍服脱下，用毛巾沾着桶中清水，从头到脚擦拭一遍，再换上一身崭新的神服。然后依原路将真人抬进大殿复位。整个沐浴过程中，香客全都朝真人跪

陶公真人像（录自《临湘山志》）

拜，直到肉身归位。据说，从前真人沐浴之后，善男信女们争先恐后地去舀桶中的水来喝，他们相信这水可以包治百病，但我却没有亲眼见过。仪式结束之后，人们纷纷从庙坪中散去，都想着快点赶回家吃过午饭，再回庙坪中占个好位置看下午的"人戏"演出。庙坪前有一座高大的戏台，正对大殿，殿前的四十八级台阶就是最佳观众席，来迟了就占不到，只好站在庙坪里看，如果来得再晚，连庙坪也被看客们挤满，只好爬上庙坪周围的围墙了。所谓"人戏"是与皮影相对而言，由演员扮演的湘剧，戏班是从省城请来的，能看到许多名角。那时椠梨没有专门的戏园，这庙坪就是全镇的文化中心。其他的群众集会也多在此举行。

陶公庙（录自《临湘山志》）

遇上大旱之时，便有四乡的农民来庙中打醮求雨。祭祀之后还要抬着真人四处游龙。前面有十面三角彩旗开道，四面大锣、四个大鼓紧随其后，那锣有脚盆那么大，鼓也有小孩那么高，大锣大鼓分别由两人抬着行进。真人的彩轿从大路上、阡陌间经过时，沿途都有民众鸣放鞭炮跪迎。

陶公庙中的这些活动，当年对于我们这些学生特别新鲜。每当锣鼓一响，我们一下课便跑去观看。真人生辰庆典，㮾梨全镇都沸腾了，学生更是无心上课，学校干脆放假，我们几乎整天都泡在庙坪里。随着时间的推移，文明的演进，这些古老的宗教仪式已离我们远去，我庆幸自己搭上了末班车，能够记下这些，聊以备考。在今天的青年人听来，也许是海外奇谈吧？

（2013年）

㮾梨：湘中古镇的况味

青青年时代我读过好些以小镇为背景的文学作品，如茅盾的《林家铺子》、柔石的《二月》等。作品中描写的江南水乡小镇风情，令我十分向往。我也有一段小镇生活经历，那是在长沙东乡浏阳河畔的㮾梨。与江浙的那些水乡相比，这座著名的湘中古镇别有一番情致，同样令人留恋。

1950年上学期，我来到设在㮾梨的长沙县第一完全小学求学。学校设在享有盛名的陶公庙内。那时㮾梨镇以陶公庙为中心，分为前街和后街两个部分。庙前是老街区，早在明清时期已经存在，依然保持着古香古色的情调。主街有一里多路长，还有好几条纵横的街巷，如横街子、半边街等。街道宽不愈丈，两旁店铺中的店员得闲时可以隔街聊天。临浏阳河的一边多是吊脚楼，屋架墙体全用木料制成。面街的墙体为木板拼合组成，早晨将墙板一块块地拆卸下来，夜晚再安装上去。店铺开门和打烊的时候，这里只听到一片木板拼接的响声。

前街另一侧则多是青砖平房，一栋连一栋，好些大商号杂处其中。这些大商号多是高墙深院。临街的一面有高大的石库门，进门的大厅十分宽敞，作为营业间，一边置放柜台、货架，一边摆着木椅茶几，供顾客休息。大概是出于安全的考量吧，四面高墙都没有对外的窗户，采光通风靠屋内的天井。大商号经营百货、南货、药材等业务，而那些吊脚楼小店则多出售钱纸香烛之类的祭祀用品，前店后厂，自产自销。陶公庙一向香火旺盛，祭祀物品需求量很大。每当庙中供奉的两位真人生辰，要举行三天盛大的庆典，百里以外的香客都赶来参加，浏阳河中泊着数不清的木帆船，街上人流不断，茶楼酒馆座无虚席。当地有民谚"槊梨街上不种田，两个生辰吃一年"，并非虚言。

庙后街建成较晚，街上有小型发电厂、机器碾米厂、轧花厂、银行、邮局等现代设施。汽车站也设在后街，公路直通长沙。河边有可泊机动船的码头。那时浏阳河中并无轮船航行，只有一种当地人称为"汽划子"的小型机动船，可达长沙东屯渡。汽划子的外形与现在的小型游艇类似，可载乘客十多人，行驶时机器发出"叭叭叭"的巨响，舱中促膝而坐的乘客们互相说话也听不清楚。我就是乘坐这种船到槊梨的。汽划子虽然噪声不断，但轻便快捷，长沙到槊梨三十里水路，一个多钟头就可以到达，当时湘江中航行的大轮船时速也不过如此。

发电厂的机器功率不大，只能供后街的工厂工作用电和居民照明。因此前街依旧用煤油作照明燃料。入夜，家家店铺里都悬挂着白盖灯，其上方有一个白玻璃灯盖，因而得名。白盖可使灯光更集中，更明亮。当时学校里也用这种灯。如今它已经很难见到了。

大凡小镇一般都有城乡两重风味，这在槊梨尤为明显。那时我寄住在庙前街一户居民家中，打开屋前大门便是人群熙攘的街道；推开后窗，入目的却是池塘水田。时值初夏，夜晚蛙声入户，不绝于耳，我每夜都是在"二部鼓吹"中进入梦乡的。待到蛙鼓停息，已经东方既白，新的一天又开始了。

◖ 临湘山全图（原载《临湘山志》）

开门第一件事就是安排一日三餐。生活在椠梨既方便又实惠。一大早便有卖蔬菜的、卖劈柴的、豆腐担子、酱醋挑子等出现在大门前，足不出户便可买齐一天餐饮的原材料。蔬菜全无黄叶腐茎，洗得干干净净，鲜嫩惹人爱。柴担上的劈柴每根长短粗细都大体一样，十分整齐，且晒得焦干，因而火力旺盛，只需几根，便可满足一餐做饭烧水之需。

镇上来往的人，除了小贩、上学的少年和去陶公庙上香的善男信女之外，最多的则是四乡的农民。他们才是小镇舞台上最活跃的主角。有的挑着担子，有的推着独轮车，还有驾船从水路来的。到达镇上时一般已是日上中天了，中午是镇上最热闹的时段。"日中为市"的古俗，还多少保留了下来。农民上街来为的是出卖自家生产的农副产品，购回必需的日用品和生产用品。小镇为他们的服务可谓周到。镇上有专门收购和销售本地农副产品的店铺。农民手中少有活钱，有的商家就推出农副产品直接易物的业务。我的住处附近有家铁匠铺，不但供应现成的铁制农具，农民还可以将损坏的锄头、犁头送来回炉，重新加工，因此很受农民欢迎，门前总是人头攒动。对于农民与小镇和谐相处的情形，我虽年少，却亲有体验。

这年上学期结束后，我转学到了长沙城中读书，再没有返回槊梨。当我再次踏上浏阳河上的汽划子，望着临湘山上陶公庙高大的身影渐渐淡去，心中不由涌上难舍之情。我一直把槊梨当作我的第二故乡，虽然在那里卜居不到半载，却长久地牵动着我浓郁的乡愁，我想，她那古朴纯真的风物就是其魅力所在吧。

（2022年）

小巷寻常叫卖声

对于久居城镇的居民来说，恐怕没有什么声音比走街串巷的小贩叫卖声、工匠招徕主顾的呼唤声，以及他们手中五花八门的器具敲奏出来的音乐使人感到亲切的了。它们是那样和谐，那样飘逸。道地的方言，特殊的韵味，只有久居当地的人，才堪称它的真正知音。

我所生长的湘江之滨的省城，就是这样一个里巷音乐十分丰富的所在。

你听，夏日的正午，人们在各自的门楼里歇暑，小巷里静得出奇。突然，门外一阵轻快的叫唤惊破了宁静——"活的活的，冒得脚的，又好看的，又好玩的！"小伙伴们立刻从凉床上蹦了起来，奔向街边的树荫下。那里，小贩正举着一个竹柄的草把，上面插满了用粽叶编制的各种动物——金鱼、蝴蝶、长虫……一件件栩栩如生。小伙伴们围着小贩，指指点点，叽叽喳喳。

冬天，又另是一番景象。小院里老人在晒太阳，妇女们在做针线活。这时，清脆的铃声摇断了她们的绵绵絮语——那不是学校的下课信号，也不是清洁工人在招呼——伴着铃声，是极富韵味的歌吟："茉莉香，玫瑰香，买——上等的雪花膏啵！"女人们立即放下手中活计，有的探身向街口呼喊，有的忙着进屋取出各色瓷杯小盒，家家院子里笑溢香飘……

如果你偶尔深夜归来，正碰上天又下起蒙蒙细雨，毛衣难耐倒春寒，身上不免有些瑟缩。"饺——儿！"蓦地一声悠长叫唤，刹住你急促的脚步。循声望去，街角屋檐下，一副精致的红漆担子上，挂着一盏三角镜灯，小锅里热气腾腾，飘过来混合着辣椒味的麻油清香，那是多么诱人的气息啊！你会立刻掏出一毛钱，换回那一碗小巧而美味的馄饨，也唤回浑身的温暖与惬意！

呵，寻常巷陌的叫卖声，它给居民的生活带来了多少情致，多少温馨！每当我离开这座熟悉的城市，它便会潜入我的枕边耳畔，唤起我无限的乡思！

然而，不知什么时候起，我们城市丰富多彩的里巷音乐一齐消失了。街道工厂当街作业，巷子里到处堆码着杂物和工件。充斥于耳的是金属的撞击声，邻里们粗俗的詈骂声……偶尔听到一种吆喝，毋须细问，那一定是从推着板车的废品收购者口中发出来的，声音是如此单调，丝毫也不能唤起人们的美感。比起往日收荒货的小贩的歌吟来，不知逊色多少。我的许多珍贵藏书，就是被投入这种手推车载走的。也许是条件反射吧，每当我听到那种吆喝，便会想起那些无辜的书籍来。呜呼：我的兰陵笑笑生，我的缘缘堂，我的我佛山人……

我们的生活被单调和枯燥统治得实在太久了。这两年，当传统的里巷音乐开始复苏时，竟使许多居民感到陌生了，我那迟生的小女孩还闹了一场笑话。

那是冬天的一个中午，我们一家人围在桌边进午餐，窗外忽然传来一声带着浓重的湘乡口音的呼唤，久居此地的年长居民一听便知这是修伞匠在招徕主顾。其时，我正有一把尚好的阳伞，可惜断了几根伞骨，正觅不到修理的处所，听到这一声呼唤，真有如空谷足音。我立刻放下碗筷，从柜顶取下阳伞，快步出门追上那位伞匠，面议了工价后，他把担子挑到我家门前，取出自带的独脚凳，将那溜尖的铁脚楔进泥地，坐下来开始操作，我便回身进屋继续吃饭。

谁知我的尚未入学的女孩突然问我："爸爸你的伞卖了几角钱？"一时弄得我莫名其妙，无以作对。妻子见状，忙作解释。原来，孩子误把修伞匠的召唤，当作了废品收购者的吆喝了。小女孩一向爱逞能饶舌，这一次却失误了，我故意羞她，取笑她，弄得她颇为尴尬。这时，她的外祖母替她解围了："孩子从小就没有见过工匠小贩，她怎么分得清？"听了这番话，我心头蓦然涌上一种难以言状的惆怅之情……

如今，我所居住的小巷中，传统的叫卖声越来越频繁了。小女儿早已能领略其中意义，扯着大人的衣襟要求出去买这买那。每当其时，我总不愿使她失望。即使工作一天已经十分疲乏，也情愿被她拉扯着，走上街头去追赶远去的小贩的脚步。这样做，到底是出于爱女之心，还是为了重温自己童年的旧梦？抑或是出于对当今多彩的生活的由衷喜悦？我自己也说不清了。

（1983年）

五一路上的文化记忆

长沙像一只烈火中飞出的凤凰，
五一马路就是她身上最美的羽翎。

这是我十多岁读中学时写的一首赞美五一路诗中的两句，诗虽不奇，却表达了我对它的深爱。五一马路是在我眼皮下修成的。参加工作后，我卜居于五一路附近多年，每天都要从它身边经过，对它的了解也就更多了。五一广场周边有好些文化设施，作为业内人，我对它们更为熟悉，几乎每一处至今都记得清楚。

广场的西南一角是有着数十个营业间的湘绣大楼。一层的营业间壁上挂着绣屏、绣像、被面等大型绣品，宝笼里则陈设着绣花手帕、鞋面、荷包之类。长沙素以湘绣闻名于世，外地来长的旅人都少不了到这里一趟。

大楼的二层集中展示了来自湖南全省各地的特色工艺品：浏阳的菊花石雕、邵阳的漆器、湘西的蜡染、益阳的竹器、望城的棕编和剪纸等。大楼的顶层是湘绣的制作间，绣女们在低头飞针走线，画师在大案前泼墨挥毫。

从湘绣大楼西行百步，便是气势恢宏、建筑典雅的湖南剧院，它是当时全省顶级剧场，有一千多个座位。那时，国内国外的艺术交流活动十分频繁，这里曾经接待过大批来自全国的优秀文艺演出团体。新疆的歌舞、云南的花灯、山西的中路梆子、福建的木偶戏，长沙人足不出省，都可以在这里领略它们的风采。梅兰芳、周信芳、荀慧生、杜近芳、盖叫天、常香玉、郭兰英、陈伯华等艺术大师都在这里登台亮相；中国青年艺术剧院、北京和上海人民艺术剧院、中央歌舞团、上海乐团等也曾在这里献艺。那时，艺术家们注意贴近群众。我记得1965年夏天，长沙正在举行文艺宣传周，在五一广场、南门口、兴汉门、小吴门等街口搭建了八座临时舞台，省、市文艺团体和一些业余文艺工作者都参加了演出。当时，著名的歌唱家郭兰英女士正率团来长沙演出，她知道此事后，主动向接待单位提出，要求参加这一次活动。她不但派年轻演员出阵，而且自己也亲自到八个临时演出点登台献艺，受到长沙民众的热烈欢迎。

如今坐落在五一广场西北角的口腔医院是当年中苏友好馆的旧址。它是一座四层的苏式建筑，至今保存完好。20世纪50年代，中苏关系处于蜜月期，这里经常举办两国文化交流活动：介绍苏联人民生活的讲座和摄影展览，演唱苏联歌曲的音乐会，不一而足。20世纪60年代湖南省文联及下属各级文艺家协会迁入这里，文艺活动更加频繁了。美术作品展览一个接一个，著名画家黄胄、黎雄才、关山月、张一尊、邵一萍（女）的作品都在这里展出过，他们还亲到现场做技法表演。我就曾在这里见过黄胄先生当众挥毫演示画驴绝技，寥寥几笔却栩栩如生，围观者随即报以热烈的掌声。

友好馆四楼有一个讲演厅，可容两百来人，是举办诗歌朗诵会的绝好处所，长沙市文联与友好馆曾在这里联合举办过多次诗朗诵活动。我手头至今还保存着一份1964年元旦诗歌朗诵会的节目单，兹录如下——

周世钊　《一剪梅：1964年迎春词》
　　　　　朗诵者：湖南人民广播电台　路英
未　央　《春天是我们的》
　　　　　朗诵者：湖南话剧团　万仲耕
柯　兰　《迎春畅想》
　　　　　朗诵者：湖南人民广播电台　李玉兰
谷　曼　《春的喜讯》
　　　　　朗诵者：海员俱乐部　陈光石
王剑青　《韶山》
　　　　　朗诵者：湖南人民广播电台　林静
黄起衰　《一个巨大的幽灵在全世界徘徊》
　　　　　朗诵者：湖南人民广播电台　路英
黎牧星　《祖国的颂歌》
　　　　　朗诵者：湖南中医学院　高德
李克琳　《山村除夕夜》
　　　　　朗诵者：长沙市实验歌剧团　许蓓蓓
向宏业　《我听见脚步声响》
　　　　　朗诵者：湖南师范学院　陈竞男
左宗华　《贺年片：报喜》
　　　　　朗诵者：长沙机床厂　左宗华
张　觉　《新民歌四首》
　　　　　朗诵者：湖南人民广播电台　班幼兰

杨里昂　《致韶峰》

　　　　朗诵者：湖南话剧团　万仲耕

贺敬之　《雷锋之歌（片段）》

　　　　朗诵者：湖南人民广播电台　党明

严　阵　《天安门颂（配乐朗诵）》

　　　　朗诵者：湖南医学院　唐丙佳

袁水拍　《接近》

　　　　朗诵者：湖南大学文工团

红岩烈士集体创作　《江姐赞》

　　　　朗诵者：湖南大学文工团

　　诗作者中有老一辈诗人周世钊先生，有专业作家未央先生等，有工人业余作者张觉等，还有些大学生。朗诵者有湖南话剧团的著名演员万仲耕，湖南广播电台著名播音员路英、党明等。作者和朗诵者阵容可称强大。他们全都是怀着对诗歌的高度热忱前来参加活动，从来不取分文报酬，甚至连误餐费也没有发过，实在令人感动。

　　友好馆西侧的南阳街，曾经是条盛极一时的书铺街，公私合营时，这里的书店全都整合到了新华书店中。新华书店门市部坐落于友好馆的东边，那是一座设计别致的三层大楼，店堂宽敞明亮，每天来这里购书的顾客很多。书店大门两边各有一排高大的玻璃柜窗。1961年长沙市文学工作者协会（今长沙市作家协会的前身）得到店方同意，仿效马雅可夫斯基当年在莫斯科举行"罗斯塔之窗"的先例，利用书店柜窗办起了一个街头诗画窗，由我具体经办。每个月举办一期，配合当时的中心工作，由诗人作诗、画家配画。诗作都是短小精悍，大多是急就章，艺术性并不是很高，但是因为贴近群众，因而很受欢迎，一直坚持了两年多的时间。二十多年后，一次我到书店购书遇到一位当年的诗歌爱好者，他是凯旋门摄影社的摄影师，谈起往事，他说那时的街头诗画窗每期必看，而且手抄过其中一些诗作，说着便信口背诵出几段来，使我大为惊异。

五一路与蔡锷路交会处的邮电大楼也是我经常去的地方，因为那里的报刊门市部里常陈列百种以上的样刊，全国各地的报刊都能在这里买到。20世纪70年代末，我一次去那里，只见门前排起了长队，一打听才知道人们是在购买刚出版的《大众电影》杂志。

如今读者争购报刊的风光不再，五一路上当年那些文化设施也在扩建时一齐消失了。五一路可以说是长沙的中轴线，它们还能重回到这条线上吗？我期待着。

（2017年）

◗◯ 中苏友好馆旧址

七十年前书签上的风景

我从小爱书成癖，读书、购书、藏书成了我一生不可或缺的内容，真是"不可一日无此君"。20世纪五六十年代，书店出售的书籍中常常夹有精制的书签，随书赠送。爱屋及乌，我对这些书签也十分喜爱，特地将它们夹在一本相册中。早年购置的书籍大都散失，许多书签却因此得以保存下来。

这些书签都是由出版社和书店制作的，大多是为纪念某一重大事件，不同于文具店出售的普通书签，它们的制作也精美得多。

最早的一枚，得自1953年，是当时上海新美术出版社为纪念该社成立而印制的。这枚书签正反两面均为浅黄色，直式，正面的上方是一幅烫金的天女散花图案，花朵为红色，十分醒目。正中印着毛泽东《在延安文艺座谈会上的讲话》中的一段语录，下面横书"新美术出版社成立纪念"几个小字。背面则是一段介绍该社概况的文字，最后用红字印着社址："上海江宁路三六三弄五○号"和"一九五三年七月"一行文字。这枚书签我记得是在新华书店购置一本柳公权的字帖时获得的，距今已整整七十年。

另一张得于1954年，更为珍贵，它是一位朝鲜友人送给我的。那年7月抗美援朝战争结束不久，朝鲜人民军协奏团来到长沙，长沙人民以极大的热情举行多种活动，欢迎来自英雄国度的使者。我

冼星海
1905—1945

新音乐出版社敬赠

○◐ 1954年新音乐
出版社印制的书签

被推为中学生代表参加迎送，观看了他们的演出，还与他们进行了联欢。协奏团阵容强大，大约百人，开联欢会时，我们分散坐在团员中间。我的邻座是一位二十多岁、十分英俊的朝鲜小伙，最难得的是他会讲汉语，能写汉字，我们得以一对一地直接交谈。联欢会快要结束时，他从挎包里取出一枚书签，又拿出钢笔，伏在膝盖上，在书签背面写下这样两行汉字——

朝鲜人民军协奏团合唱部
朴昌根

我接过这份珍贵的礼物，激动不已，随即站起来向他敬了一个少先队队礼。散会后我回到学校，反复观看这枚书签。它的正面是浅绿色，背面则是白色。正面上方印着一张中国著名音乐家冼星海的头像，像下横书："冼星海1905—1945"字样，正中则直书"新音乐出版社敬赠"几个字。新音乐出版社是新中国成立初期北京的一家专业书店，书签应是协奏团在北京时，由该社赠送给协奏团员的，朴昌根同志又将它转赠于我。我十分珍惜这枚凝结着中朝两国人民深情厚谊的礼物，多年来我常常将它细细观看。

还有两张得自1959年10月。那年是新中国成立十周年，全国都举行大庆。位于长沙五一中路的新华书店早在一个多月前就在门口的广告牌上介绍，国庆期间将推出一批献礼好书，并公示了部分推介书目。那时我供职的单位离书店不过百步之遥，每隔一两天就要去逛一次。看到上述广告，欣喜不已，因为其中有些书我早就想购买了。国庆当天早饭后我便向书店跑，门外早有好些顾客在等候书店开门，门一开，大家便一拥而入。我是有备而来，很快就购到了所需书籍，回到住地，打开书本一看，每本中都夹着一张精美的书签，一大一小，大的约有十公分长，五公分宽；小的为前者的三分之二大小。这种特大书签，在我藏的书签中仅存。尤其难得的是，这两张书签色彩比前面所述的书签丰富多了，正反两面都用彩色印刷，在当时已属豪华型了，它是由湖南省新华书店制作。两张书签正面都是一幅国画，均出自本省画坛名家之手。大的一张用邵一萍的《百

◖◗ 1959年湖南省新华书店庆祝国庆十周年所制的书签之一，正面为邵一萍《百花齐放》图

花齐放》图，多种名花集于一纸，满满当当却又错落有致。邵氏是著名的女画家，属岭南一派，以浓墨重彩为特色，《百花齐放》正是她的代表作。小的一张正面则是著名国画家杨应修的作品，为一幅花鸟画。杨应修先生是我靳江杨氏前辈，他是清末国画大家杨世焯的传人，素以功力深厚著称，我对他十分熟悉，看了书签上的画

作，倍感亲切。

时间最近的一张书签得自20世纪80年代，是我在购买一本集邮的书时所得。正面印的是一幅仕女图，比起50年代的出品更为精致。奇怪的是书签上面没有标明制作单位，也没有出版时间。好在背面印了几种新出的邮票目录，其中有"辛酉本票""遵义会议五十周年纪念""郑成功收复台湾八十周年纪念"等，由此推断应是集邮公司所印制，时间则是1985年，距今也近四十年了。

（2024年）

早岁涂鸦忆"蓓蕾"

　　进入中学以前，我多半时间生活在乡间。那时，乡间新文化读物很少，我接触的主要是传统文化。1952年我到长沙市一中读初中，才较多阅读新文化书籍，包括苏联等国的译作，过去少见的文学期刊也读了不少。我的阅读兴趣由古典逐渐转向了当代作品。也许是从小读诗词，先入为主吧，当时我对读新体白话诗不热心。

　　进入高中以后，我结识了好些爱好文学的学友。那时的长沙市一中在全省招生，每个县才一两个名额，因此，大都是当地的高才生。解放初期，中学生的年龄比现在要大许多，有的此前还参加过工作。其中一位来自宜章的叫李湘俊的同学，初中时就与我同学，但不同班，虽然相识，却并不很了解。到高中时我们才接触较多。他比我年长两岁，接触新诗也比我早，当时他已经在写新诗。一次，我见他在读一本叫《预言》的民国版本诗集，是著名诗人何其芳写的。此前我虽在语文课本中读过何其芳的《生活是多么广阔》，但没读过其他的诗作。及至读了《预言》，我像发现了新大陆似的，无比惊喜，原来新诗中还有如许妙品，我反复读了好几遍，它一下子改变了我对新诗的看法，我成了一个新诗的爱读者。那时，郭沫若、艾青、臧克家等著名诗人的作品都读了不少（徐志摩、戴望舒等人的诗新中国成立后没有重印，因而读不到）。

1956年，也就是我们进入高中的第二个年头，中央提出了发展文化的"百花齐放、百家争鸣"方针，文艺界的空气顿时活跃起来，中学里的校园文化也随之起步。就在这年秋天，我们一些文学爱好者，组成了一个"蓓蕾文学园"，由李时镜、李湘俊牵头，园友有钟黔宁、许厚基、廖泽川、易新鼎、李元航、洪晓鄂和我等十来个人。聘请著名的语文教师彭靖先生担任指导老师。我们每周集会一次，交流读书心得，讨论习作，或者请彭老师讲文学知识。还出版了一种文学壁报，张贴在教学大楼过道上，引来了不少同学观看，很是出风头。

这时，李湘俊率先在《中国青年》上接连发表几首诗作，随后钟黔宁在《新湖南报》上发表处女作，园友们互相激励，大大撩起了我的创作热情，就在这时我开始写起诗来。

我在农村生活多年，农村题材自然成了我习作的首选。我读小学的长沙市北郊史家坡小学原来设在一座叫李公庙的寺院中，正殿走廊的挑梁上挂着一口硕大的铁钟。来寺院上香的善男信女，必先敲响它，朝夕相闻，我早已习惯了。读完高中一年二期的暑假，我回学校去看看，这时，寺庙中的神殿全都改作了教学用房，那口熟悉的古钟已移至村前一棵大槐树上。原来，乡间已经实现了农业合作化，这口古钟成了作息的报时器。每当朝阳升起，社员们踏着钟声走向田间劳作，田垄中好不热闹。傍晚，他们在钟声中荷锄归去，家家屋顶上飘着炊烟，弥漫着特殊的香气。农村的变化，让我想得很多，我好像看到农村的前景，就像从苏联文学中描写的集体农庄一样美好。在我听来，古钟发出的声音不像在寺庙中那样沉闷，而是变得令人亢奋了。就在暑假的一天深夜，我在灯下写出了一首《槐树上的古钟》。开学后，我将它寄到《新湖南报》社，那年10月21日，便在"湘江"副刊上发表出来。

"外人不见见应笑，天宝末年时世装。"白居易在《上阳白发人》一诗中说，与他同时的人看到几十年前唐明皇时代宫女所着的服装觉得十分可笑，而那种装束却是天宝年间的时髦。我的这首处女作，今天看来，的确幼稚可笑。但我却不悔少作。因为任何文艺作品都必然打上时代的烙印，当时作为一个十七岁的少年，绝不可能超越时间和环境，写出20世纪80年代那样的流行诗来。如果不用艺术的眼光去审视它，而以对待一张老照片那样的心情去看它，我想还是有些意思的。因为从中可以窥见当时流行的诗歌是什么样子，同时还可以领略到当时人们的信仰是何其虔诚。

从此以后，到我四十多岁，我先后创作了近两百首新诗，出版了《燕泥》和《中学生变奏曲》两部诗集。此后我虽不再写新诗，但诗心未泯，一直从事中国新诗历史的研究，出版了《中国新诗史话》和《诗海潮音》等论著。我一生钟情于诗，是与处女作的发表分不开的，因为它坚定了一个中学生选择文学作为毕生事业的信心。

（2012年）

◖◗ 蓓蕾社同人作品集《蓓蕾集》封面

水风井淘书记

水风井位于中山路与蔡锷路交会处。从民国时期起，它就是可以与八角亭媲美的繁华去处。十字街四角店铺林立，有名的奇峰阁、馟香居餐馆、狗不理包子店、新沙池澡堂、银宫电影院、易天凤金号全都聚集在这一带。百步以外，更有当时长沙最大的百货商场——国货陈列馆，还有让我终生怀念的三联书店。三联书店坐落在蔡锷北路东侧，一楼一底，门面不算很大，但店堂整洁，光线明亮。加上坐落于闹市，因此进出的顾客很多。1956年，三联书店合并到了新华书店，水风井门市部改为古旧书店。从那里可以买到一些新中国成立后不再版，而且价格低廉的民国版本旧书，因此我从青年时代就常往那里跑。我从那里淘到过不少好书，可惜后来大多散失了，只有极少几本保存下来，其中最为珍贵的是郭绍虞先生编的一本《学文示例》。此书民国三十年（1941年）八月上海开明书店初版，三十六年（1947年）十二月五版。我淘到的就是这第五版。它是郭先生在燕京大学任教时，为大学一年级编的国文教本。他在"编例"中说："本书的主旨欲使大学国文教学有较异于中学之方法，故略本修辞条例，类聚性质相同之文，理论实例同时并顾，俾于讲授之外，兼有参考材料。"同时指出，教材这样编是为了"兼重文学的训练"。所谓"文学的训练"，据我理解，就是要让学生掌握写作的方法，在读前人作品的同时，提高自身的作文水平。因此，教本完全打破按时间顺序选读各个时期代表作的惯例，按"评改""拟袭"等几大类来选文章，每一类里又分为"理论之部"和"实例之部"两部分。例如"评改"类的理论之部，选了刘勰《文心雕龙》中的"指瑕"，刘知几《史通》中的"点烦"相关段落，还有袁枚的诗作《改诗》等篇，这些诗文从理论上说明了诗文修改的要旨。在"实例之部"中选了一批前人修改诗文的实例，如苏轼的《念奴娇》的原作与改作，黄庭坚的《醉蓬莱》和《玉楼春》的原作和改作等，还有吴承恩的《西游记》第九十九回和胡适的改稿。《西游记》第九十九回原题为"九九数完魔划尽　三三行满道归根"，写的是唐僧西天取经经历的八十一难中的最后一难。胡适认为这一回"未免太寒碜了，应该大大的改作，才衬得住一部大书"。1924年，他将这一意思向鲁迅说起过。十年之后，他忽然心血来潮，亲自动手另写了六千多字，将这一回"完全改过了"，改稿登在1935年的《学文月刊》上，郭先生将它与原作同时收入了这本大学教材中，供学生对读。今天看来，胡适的这篇"改作"，当然算不上尽善尽美，但经他一点拨，我们回头再看《西游记》第九十九回，确实感到分量不够。古人作文须有有力的"豹尾"，从这里读者便可以悟出一点头绪来。这本《学文示例》我是1956年11月11日购得的，当时正在读高中，读了这本书后获益匪浅。后来我进了大学中文系，将所发的教材与《学文示例》一比较，高下自明。长期以来，我们大学中文系都是将"文选"和"文学理论"分开来讲授，两门功课不搭界，郭先生打破了这种传统格局，将"理论"与"实例"结合起来，实在是一种难能可贵的创举。我至今深深感到：我们的语文教学太缺乏个性了，采用统一的教材，运用统一的方法，

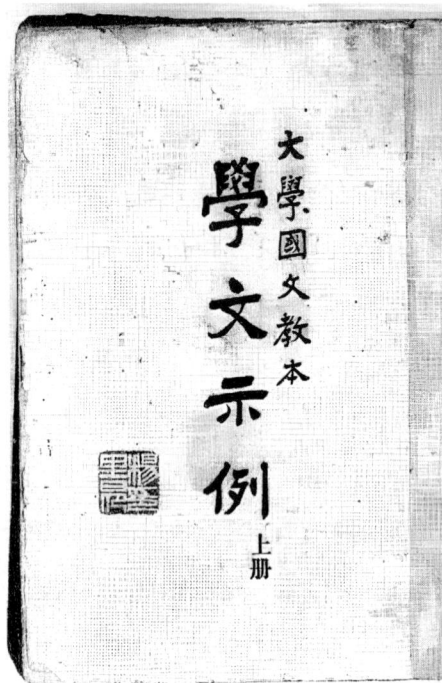

○ 郭绍虞著《学文示例》书影

加上统一考试，这样是很难培养出特殊人才的。我曾将《学文示例》借给几位当大学中文系教授的学友看，他们也与我有同感。我认为郭先生的这本教材在今天仍有价值，曾推荐给有关部门，希望将它重印出来，供同好共赏，也给当今国文教学参考，可惜尚无出版单位响应。

后来，古旧书店关门，等到1971年重新开业时，已是"旧貌换新颜"了。不仅民国版本书已经绝迹，就是新中国成立后出版的社科文艺书籍也少得可怜。我还常去逛逛，大半时候是空手而还。不过，也有一次例外。那天我在营业间随便走走看看，只见店堂中央柜台上的书刊，被人翻得稀乱，横七竖八地堆码着，其中一本没有封面的厚书吸引了我的目光，我想看看它到底是什么书。当我翻过衬页，一阵喜悦涌上心头，扉页上用红字赫然印着"毛泽东选集 东北书店发行 1948"，另一扉页上端也印着一行红字，"在毛泽东旗帜下前进！"这是一种大三十二开直排一卷本，内芯纸张在六十克以上，与当时通行的五十二克纸印的书比起来，要算是豪华本了。书后有古旧书店的重新批价，仅售一元人民币，我立刻掏钱买了下来。这种毛选版本，南方流传甚少，毛泽东诞生一百一十周年时，省会一家图书馆举办各种版本的毛泽东著作展览，也没见到过这种本子。扉页上有原收藏者的签名，估计是解放之初南下干部带到湖南的。书店营业员缺乏版本知识，不懂得它的价值，将它与新中国成立后的毛选版本混淆，我才得以捡了个便宜。这个本子与后来出版的毛选本子有很大的不同。它选入了之后版本不曾收入的一些文章，如《兴国调查》《才溪乡调查》《长冈乡调查》等。文字也与后来的版本有较大出入，因为选编时未经众多毛文专家的"订正"，较多地保存了毛文的原始状态，因而引起了我很大的阅读兴趣。那时，机关里每天搞"天天读"，四卷毛选我都通读了好几遍，有些文章已经烂熟。得了这本东北版后，我每天带着它参加"天天读"。书中的"三个农村调查"我是第一次接触，使我增加了许多知识，对于江西苏区的实际情形有了更多的了解。有时，我将东北版与现行版对读，得以知道后来的本子作了怎样的修改，我用铅笔将这些改动一一做了标记。我这样做，本来每天一小时的"天天读"，不知不觉中便过去了，主持者还表扬我学习认真哩。

这本东北版毛选我已珍藏三十多年，早几年我从报上看到东北某次拍卖会上，这一版本已拍出四万元的天价。我花一元钱买的这本"宝书"，不仅让我在无书可读的年代获得些读书的乐趣，还使我一夜之间成了"万元户"，不亦快哉。水风井，我该怎样感激你呢？

（2010年）

冷摊淘得自家书

在地摊上淘书比起在书店中购书别有一番情致。前人有句云："冷摊负手对残书"，一个"冷"字、一个"残"字，道尽了其中况味。地摊上出售的旧书，远不如书店中那样品种齐全、数量众多，书品也一般不高。有的是某一丛书中的一个单本，有的有上册缺下册，有的甚至缺页，书面也常常不洁。但从这里时常也有所得，能起到拾遗补阙的作用。我是经常逛冷摊的人，曾经从那里配齐了好几册书。最有趣的，我还两度与自家散失的书籍相逢。

一次，我站在一家地摊前用眼睛搜索，忽然发现一册薄薄的旧书上有一椭圆形的蓝色藏书章，我立刻认定它是我家旧物。因为只有我老家"荫梅书屋"用这种藏书章。拾起一看，果然不错。如与故人相逢，

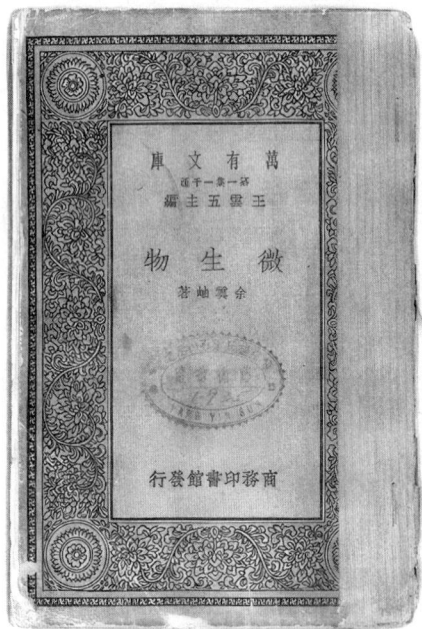

○《万有文库》之一《微生物》书影

我心中掠过一丝喜悦。那是"万有文库"中的一个单本。当年购进"万有文库"的情景立刻浮现在眼前。我家世居宁乡麻山，老宅中有两大间楼房辟为藏书房，祖先留下不少古籍，后来我父亲又购入一些民国版本的读物，其中就有"万有文库"一千种。我记得这一千种图书运回来时，用一个一米见方的小柜子装着，柜头用绿色油漆刷着"万有文库"几个大字，十分精致。"万有文库"丛书用进口道林纸印刷，字体不大，本子都很薄。有基本国学读本，也有翻译的自然科学书籍。我家迁到长沙以后，"荫梅书屋"中的藏书大多散失。这次在地摊上与故物相逢，真是感慨万千。以后我每次逛地摊，都特别留意是否还有"荫梅书屋"的藏书，但一直没有发现第二本。这本小册子虽不是什么珍本秘籍，但我一直将它当宝物一样收藏在书柜里。

另一次是早几年在清水塘文物市场。在众多古玩店的后面，有块篮球场大小的空坪，每逢周末，这里摆满了地摊，多是卖文物的，有的也卖旧书。一次我在坪中溜达，看到一个地摊上放着一本《新创作》杂志，是一本试刊号。我是这家文学杂志的主编和社长，从1982年创办到1999年出满一百期后，才换人接手。当时，每年都有合订本，因为这本试刊号是在正式发行之前出的，不知怎的，竟没有收入当年合订本中。久而久之，不仅自己没有了样刊，就连编辑部资料室、省、市图书馆中也见不到它的踪影。作为长沙市出版的唯一一种杂志，《新创作》在本土文化史上应有它一席之地，缺了试刊号，不能不是一种遗憾。我一直在留心寻找它，没料到这次在地摊上找到了。我拿起来跟摊主问价，他开价十元。好家伙，当年零售三毛钱一本的杂志，不到二十年竟然涨价三十倍。我跟他还价，他却滔滔不绝地跟我介绍起这本杂志来，如数家珍。他指着封面说："这是大作家沈从文先生题的字。"翻开内页，指着一行手写体说："这是湘籍老诗人萧三先生的亲笔题词。里面还有该刊记者访问湘籍老作家丁玲、廖沫沙、朱仲丽的文章，很有史料价值。"我听了他的讲话，一个劲儿地傻笑。当他知道我的身份以后，待我特别热情，两人便站着攀谈开来。我问起他的经历，为什么会藏这本试刊号。他说，《新创作》创刊时他还是长沙县某中学的高中学生，十分爱好文学。一次进城在邮局看到这本试刊号，便买了来读。因为刊物上登的多是青年作者的作品，又有老作家关于写作的辅导文章，很对自己的口味，一直订阅了好些年，自己读过，同学们又传着读，后来刊物大都散失了，这本试刊号却一直保存了下来。我深深为这位热心的读者所感动，高兴地掏出十元钱交与他，他却怎么也不肯收，最后才收了三元钱。离开时我说愿下次再见到你，可是以后我多次去那里，再也没有遇见这位朋友。记得那次谈话中他说过，打算在乡下开一家书店，他的愿望实现了吗？我一直惦记着他。

（2010年）

艺海钩沉

湘人对于新诗的贡献

20世纪40年代，沈从文曾写过一篇《湘人对于新文学运动的贡献》，历数湖南作家的成绩，评价公允而准确，惜乎谈及新诗的笔墨少了一些。其实，湘人对新诗的贡献也是不能低估的。

当"五四"前夕，白话诗刚刚兴起的时候，就有一些湖南人投身其中，陈衡哲（1893—1976）便是最早的一个。她原籍衡山，1914年去美国留学，曾获文学硕士学位。当时在美国留学的胡适正酝酿文学革命问题，但遭到梅光迪等人的激烈反对，很是孤立。陈衡哲却勇敢地支持胡适的主张，并且着手创作白话诗文，小说《小雨点》便是最早的一篇。1917年以后她又写了一些白话新诗发表在《新青年》上，如《人家说我发了疯》（载1918年9月5日卷3期）、《散伍归来的吉卜赛》《鸟》（1919年5月6卷5期）等，陈衡哲是中国新诗坛上的第一位女诗人。值得注意的是，她的诗几乎完全看不出旧诗的痕迹，比胡适当时作的五七言白话韵文，形式上解放得更为彻底。《鸟》一诗，可算是新诗中最早的一首女性解放之歌：

> 我若出了牢笼，
> 不管他天西地东，
> 也不管他恶雨狂风，

我定要飞他一个海阔天空！
直飞到筋疲力竭水尽山穷，
我便请那狂风，
把我的羽毛肌骨，
一丝丝的都吹散在自由的空
气中！

当时在日本留学的长沙青年田汉
（1898—1968）也是最早投身新诗建设
的一人。1919年8月，田汉在《少年
中国》上发表新诗。1920年初，经宗
白华介绍，田汉与在日本的郭沫若结
识，田汉与郭沫若、宗白华三人频繁
通信，讨论诗歌问题，他们的通信收

青年时期的陈衡哲

在《三叶集》中，而这些关于新诗的文字成为了后来创造社浪漫主
义诗歌的理论基础。在该刊物这一时期，田汉还发表了一批介绍外
国新诗潮的论文，如《平民诗人惠特曼的百年祭》《诗人与劳动问
题》等，为诗体解放大声疾呼，有力地打击了复古派的气焰。田汉
早期的诗作有着和郭沫若大体相近的浪漫主义作风。湘籍著名文学
史家陈子展在《最近三十年中国文学》一书中说："田汉的诗较富
才情，而音调亦很谐美，于每句音数多少的一定，亦颇有尝试。总
之，他很注重诗的形式和技巧。"下面这首《火》可见其风格之一斑：

火！火！火！
火的笑，火的怒，火的悲哀，火的跳跃！

朦胧的火，蓬勃的火，热烈的火，

蔷薇细径的火，象牙宫殿的火，

是现实的火，是神秘的火，是刹那的火，是永劫

的火！

现在的焰中，涌出神秘的莲花，

刹那的闪光，照见永劫的宝座！

照见草，照见木，照见人，照见我，

甚么是草？甚么是木？甚么是人？甚么是我？

在这黑暗无明的里面，

营了几千年相斫的生活！

哦！哦！蔷薇的火，象牙的火，

愿借你艺术的光明，引见我们最大的父母！

　　灼人的情感与急迫的节奏达到了高度的协和，它堪称早期新诗的瑰宝！这"火"与《凤凰涅槃》中的火，属同一性质，它真要把人们心中几千年的郁闷通通烧尽！创造社成立后，田汉把主要精力转向了戏剧，少有新诗发表。以后他又创作了大批歌词，在诗歌与音乐的结合上取得了成功的经验。

　　新化籍的成仿吾（1897—1984）也是创造社的发起人之一。他是一位理论家，早年也写诗。1927年出版过诗文合集《流浪》。朱自清选编的《中国新文学大系·诗集》采入了他的《静夜》等三首。

　　创造社中的湖南人还有白薇女士（1894—1983，资兴人）。白薇因于1925年出版诗剧《琳丽》而成名。陈西滢将她的这部诗剧与《女神》《志摩的诗》同列为新文学运动以来具有重要影响力的10部著作。

文学研究会中的孙俍工（1894—1962），隆回人，20世纪20年代以小说集《海的渴慕者》闻名于世，早年也写诗，《一九一九年新诗年选》中有他的作品。20世纪30年代，他还写过一些诗剧，如《理想之光》。但他的贡献主要在理论方面。1923年12月创作的《最近中国的诗歌》（载《星海》），长万余言，对初期新诗作了精辟的分析，堪称关于新诗的第一篇史论。1925年，他又出版了《新诗作法讲义》一书，堪称新诗坛上第一本系统的诗论著作。

◯1931年孙俍工与夫人王梅痕摄于上海

谭云山（1901—1983），茶陵人。1924年，他去新加坡办报，大力提倡新文学。1928年，他去印度，后一直在那里任教，与泰戈尔结下忘年交，为中印文化交流贡献卓著。1930年和1931年，他在国内出版《海畔》和《印度洋上》两本诗集，前者共收入222首小诗。

继创造社和文研会而起的新月诗派中也有好几位湖南人。一位是朱湘（1904—1933），字子沅，是当年"清华四子"之一。祖籍安徽，出生于沅陵。1926年，他与闻一多、徐志摩等在北京创办《晨报诗镌》，大力鼓吹新诗格律化。他的作品讲音乐性，《摇篮歌》《采莲曲》等是新诗中极富音乐效果的名篇。他一生出版过4部诗集，其中以《草莽集》影响最大。沈从文说《草莽集》"于外形的完整与音调的柔和上，达到了一般诗人所不及的高度"。朱湘于1933年12月因贫病和家庭矛盾投长江自尽，年仅29岁。鲁迅曾将这位有才华的诗人称为"中国的济慈"。

刘梦苇（1900—1926）是另一位颇有成就的新月诗人。安乡人，原名刘国钧，"五四"前后在长沙的省立一师求学。1923年5月，他在《创造月刊》上发表《吻的三部曲》而成名，这首爱情诗以其大胆冲破传统礼教的精神深受当时青年的喜爱。1925年夏，刘梦苇在南京与朱湘结识，二人一同前往北京创办《晨报诗镌》。他这一时期的诗作在分行、音节、押韵等方面力求规范化，深得闻一多和朱湘的称许。朱湘曾称他是"新诗形式运动的总先锋"（见《刘梦苇与新诗形式运动》）。刘梦苇生前有诗文集《青春之花》（1924年）行世，另有《孤鸿》一集未及出版，因贫病交加以及失恋等原因，过早地离开了人世，终年26岁。《新文学大系·诗集》《新月诗选》等重要新诗选本都选入了他的诗作。

作为小说高手，沈从文先生早为人们熟悉。但他对于新诗的贡献，却不为一般读者所知。其实，他与诗歌也是缘分不浅。20世纪20年代，沈先生从湖南来到北京，便与新月社中闻一多、徐志摩、朱湘等人开始交往。那时，他们常在北京松树胡同新月社院内和北京美术专门学校附近闻一多家中举行"读诗会"，沈先生于此期间开始创作新诗。他早期的集子《鸭子》（1926年北新局出版）就是一本诗文合集，其中收录新诗5首。许多重要的新诗选本都选录了他的作品，如《新月诗选》（陈梦家编），收录18位诗人的80首诗作，其中就有他的3首。闻一多编的《现代诗抄》也收了他的《我喜欢你》1首。沈从文的新诗多是情诗，正如他评论徐志摩、邵洵美所说"以官能的爱欲而炫目"，这句断语也正契合他自己的作品。请看《颂》：

说是总有那么一天，

你的身体成了我极熟的地方，

那转弯抹角，那小阜平冈；

一草一木我全知道清清楚楚，

虽在黑暗我也不至于迷途。

如今这一天居然来了。

我嗅惯着了你身上的香味，

如同吃惯了樱桃的竹雀，

辨得出樱桃的香味，

樱桃与桑葚以及地莓味道的不同，

虽然这竹雀并不曾吃过，

桑葚与地莓也明白。

你是一枝柳，

有风时是动，无风时是动；

但在大风摇你撼你一阵过后，

你再也不能动了。

我的思量永远是风，是你的风。

　　沈从文又是一位极有见地的诗歌评论家。他在武汉大学任教期间曾开设了新诗课程，专门编选了一本《现代中国诗选》作为讲义，系统地论述了"五四"以来的新诗。他还写过不少诗论，《我们现在怎样读新诗》一文对新诗的来源及其变化，作了深入的研究，对每个时期的特点和代表诗人都有介绍，是研究新诗发展史的一篇重要论文。他还对郭沫若、刘半农、朱湘、焦菊隐等人的诗集作过专门评价，其中有不少独到的见解。

20世纪20年代中期兴起的初期象征诗派，人数不多，其中就有一位湖南人石民。石民与废名是北京大学英文系的同学，他翻译过波特莱尔的散文诗，受其影响，成为象征诗人。他在《莽原》《语丝》《奔流》等刊物上发表了不少诗作，1929年将诗作结集为《良夜与恶梦》，由北新书局出版。他的诗在比拟想象上，与李金发有相似处。石民在1939年病死于四川，英年早逝。

继初期象征诗派出现的现代诗派中，也不乏湖南人。1944年，孙望选编了一本薄薄的《战前中国新诗选》，实际上是一本20世纪30年代现代派诗歌选集，几乎涵盖了当时崭露头角的现代派诗人，收入诗人50家，其中就有湘籍诗人4家，他们是：吴奔星、吕亮耕、程千帆、杨世骥。

吴奔星（1913—2004）原名吴立秋，安化人。1929年，他在长沙求学时开始发表诗作，1933年考入北京师范大学文学院。他是施蛰存主编的《现代》杂志上的活跃作者之一，先后在该刊发表了多首诗作。在30年代那场关于现代诗大辩论中，他接连发表多篇论文，倡导诗歌现代化。1936年，他与李章伯在北平创办《小雅》诗刊，是北方为数不多的现代派诗歌园地之

● 1936年7月26日吴奔星（右）和李章伯送诗人路易士（中，后笔名纪弦）南返苏州，摄于北京东站

一。《小雅》与路易士（纪弦）在江苏主编的《诗志》相互呼应，理念相近，南北呼应，在当时造成了一定影响。

吴奔星于1937年出版了《暮霭》和《春焰》两部诗集。他的情诗写得委婉、轻盈：

晓望

你凌乱的发束是相思的脉搏吗？
晨风的梳齿轻而且轻

乱云里映出一抹鲜红
妆点你清瘦的脸呢

当一层薄雾爬上你的眉峰
远的，近的，云山的风景都失色了

我乃祝福于我的流浪的眼
开始了它隐逸的新生

一九三七年一月十二日

（《小雅》五六期合刊）

尤其难能的是，当年流行的现代派诗人的作品大多晦涩难懂，吴奔星的作品深得现代派的妙趣，却又并不晦涩。

程千帆（1913—2000），宁乡人。20世纪30年代初，他考入南京金陵大学，1933年与常任侠、汪铭竹、沈紫曼（祖棻）、孙望等人组织土星笔会，出版《诗帆》诗刊，该诗刊上发表了他的不少作品，当时不曾结集，直到20世纪90年代才编入《沈祖棻、程千帆新诗合集》一书中。我们从《战前中国新诗选》所收录的一首诗中，可见其风采之一斑。

程千帆等编辑的《诗帆》

黄昏
——为亡友马焕坤作

黄昏早贴死在树梢上，
留恋憔悴于病人的家园。
鸦背夕阳竟如此瘦弱，
逃不了，脚胫系着缕炊烟。

药炉子是可爱的活计。
别割断青春穿起的泪珠，
以你愤怒烦忧的小刀。
听！结核菌已在向你耳语。

1934年1月18日

杨世骥（生卒年月不详），宁乡人，名字现在已经陌生，在20世纪30年代也是《现代》杂志上的一个活跃作者。他的诗作不曾结集，《现代》停刊后也少见他有新作。但《战前中国新诗选》的编者却没有忘记他，在全书所选71首诗中就有他的2首。杨世骥的作品现在已经很难看到了，但在现代诗歌中应该有他的一席地位。

活跃于20世纪30年代的普罗诗派，其成员大都是在血与火的斗争中成长起来的，萧三便是其中之一。萧三（1896—1983）原名子璋，湘乡人。早年在长沙从事学生运动，1917年，《湘江评论》创刊号上发表他的散文诗《节孝坊》。这首以反封建为内容的作品一出现便引起注意，四川成都出版的《星期日》立即转载。不久，萧三赴法勤工俭学，回国后担任团中央领导工作。1929年，他代表中国革命作家出席在乌克兰首都哈尔科夫召开的第二次世界革命文学大会，会上被选为普罗作家国际联盟主席团成员。他在苏联一直逗留到抗战爆发。在这期间他写了不少革命诗歌在《真理报》等报刊上发表。1930年，以俄文出版第一部诗集《萧三诗集》，以后又出版《几首诗》《诗歌》《拥护苏维埃中国》《湘笛集》《诗》等几本诗集，有的被采入苏联教科书。萧三是一位有国际影响的革命诗人。1939年他回国到达延安，与柯仲平等一起，于1940年发起成立延安新诗歌会，继承和发扬了30年代中国诗歌会的革命传统，为诗歌大众化作出了努力。延安新诗歌会培育了大批青年诗人。湖南人朱子奇（原籍汝城）就是其中的佼佼者。他于抗战开始时奔赴延安，到抗日军政大学学习，后留边区工作。他在这一时期写了不少诗歌在《新诗歌》上发表。新中国成立后，他长期从事对外文化工作，出版有《友谊集》等诗集。

陈辉（1920—1945）是另一位活跃在抗日根据地的湖南青年，原籍常德。1938年，他到抗大学习，毕业后到晋察冀工作，在《诗建设》《诗战线》上发表不少抒情诗和小叙事诗。他的诗明快、乐观，有浓郁的抒情风味，绝无标语口号化倾向。《吹箫的》《姑娘》《卖糕》等都是优秀的抗敌诗作。

姑娘

三月的风，
吹着杏花。
杏花，
一瓣瓣地，
一瓣瓣地，
在飘，
在飘呀。
姑娘，
坐在井边，
转动了辘轳，
用眼睛，
向哥哥说话……
——哥哥
哪儿去呀？
哥哥笑一笑，
背着土枪，
跑向响炮的地方去了。
杏花，
飘在姑娘的脸上。
姑娘，
鼓着小嘴巴，
在想，

这一声，

该是哥哥放的吧？

1945年，他被日寇杀害，年仅25岁，遗诗后由田间编为《十月的歌》，于1958年出版。陈辉是晋冀诗派的代表诗人之一。

以上所说，都是在湖南境外活跃的湘籍诗人。因为抗战之前，新诗运动主要在沿海地区展开，处于内地的湖南，当时新诗还很不普及。抗战爆发后，情况才有了改变。1938年1月，田汉在长沙创办《抗战日报》，来湘的外籍诗人孙望、常任侠、力扬等邀请一些同人成立"诗歌战线社"，从3月到7月在《抗战日报》上编辑《诗歌战线》周刊，这是湖南最早的新诗专刊。同年7月，诗歌战线社扩大为中国诗艺社，出版《中国诗艺》月刊。在这两个诗社的推动下，一批本地青年诗人迅速成长起来，吕亮耕（1914—1974）就是其中有成绩者。他是益阳人，战前在杭州求学，参加过现代诗草社活动，在戴望舒等主编的《新诗》等刊物上发表诗作。抗战后他回湘，在《诗歌战线》和《中国诗艺》上发表不少诗作，1940年结为《金筑集》，列入"中国诗艺社丛书"，由重庆独立出版社出版。1949年以后，他还发表过一些诗作。20世纪80年代，湖南文艺出版社为他出版一本《吕亮耕诗选》。孙望选编的《战前中国新诗选》和《四十年代诗选》等选集中都有他的作品。

抗战时期，活跃在大后方的"诗焦点社"，1943年成立于重庆，成员分布于西南各省，曾在沅陵出版过《诗焦点》沅陵版，以后又出版芷江版。该社成员吴朗，原名余仲秋，湖南石门人，著有诗集《牧人的鞭》。抗战胜利后，一部分诗人和木刻工作者在长沙成立"诗歌与木刻社"，从1948年7月起在《国民日报》上编辑

《诗歌与木刻》周刊，连续出版50余期，发表大批进步诗歌，有力地配合了当时反内战、反饥饿的民主运动。主要成员有吴秾（常宁人）等。

这一时期，在省外活动的诗人还有左曙萍（1908—1984），湘阴人，1928年毕业于黄埔军校，曾在新疆任职。他是一位军旅诗人，组织沙漠诗社，出版《天山南北马蹄驰》诗集。1949年，他去台湾，与人创办《无定河边》诗刊。

还有女诗人宋元（1917—？），笔名紫墟，湘阴人。中华全国文艺界抗敌协会会员，曾于1947年和1949年出版过《三八颂》和《誓言》两本诗集。新中国成立后，在江苏文化局工作时，还出版过一本诗集。

20世纪50年代以来，新诗运动空前发展，在海峡两岸从事新诗运动的湘人就更多了，他们对新诗的贡献也更为广泛。

（2004年）

从《诗歌战线》到《中国诗艺》

抗战初期，沿海沦陷区文化人纷纷向华中撤退，长沙的文化生活骤然活跃起来。1938年1月28日，田汉、廖沫沙在这里创办了《抗战日报》，它的内容与形式均仿效郭沫若办的《救亡日报》，刊载各党各派的抗战言论，深受群众欢迎。为了发挥文艺的战斗作用，报纸决定创办一个诗副刊。当时，诗人力扬、孙望和常任侠正滞留长沙，田汉、廖沫沙便聘请他们三人利用工余时间承担了诗副刊的编辑任务。为了给周刊找一个后盾，由他们三人发起，决定组织"诗歌战线社"，在《抗战日报》上登出征求社员和诗稿的启事。随即，青年作者吕亮耕、林咏泉、白鹤、阳光等成了该社社员，李白风、程千帆、汪铭竹、沈祖芬等也积极支持，于是诗社很快建立起来。诗社每周星期日举行一次诗歌座谈会，共同研究诗歌问题，切磋创作。

经过短时期的筹备，《诗歌战线》周刊便于3月18日在《抗战日报》上与读者见面了。《诗歌战线》诗刊为四开一整版，每逢星期五出刊。创刊号以头条显著位置发表了著名音乐家张曙的文章《怎样开展诗歌战线？》，可算是该刊的代发刊词。文章十分明确地指出："我们现阶段的任务，是发动全民抗战。同时在抗战的进展中创造诗歌的历史。我们的对象是全民，而特别是大多数工农，因此，我们当前的诗歌战线是要穿透着知识阶层而深入到大众的队伍中去。"

《诗歌战线》创刊号部分版面

纵观全部《诗歌战线》副刊，正是遵循着这一宗旨进行的。诗刊强调诗歌的战斗作用，努力提倡诗歌大众化。除发表自由体新诗外，还用大量篇幅刊载通俗诗歌和群众歌曲。诗刊上发表的作品有本社社员的制作，也有外地著名诗人的作品，如第10期老舍的《二期抗战鼓词》、13期老向的《抗日千字文》。王亚平、陈残云、雷石榆、穆木天、柳倩、光未然等都为该刊撰过稿。诗刊上的作品，比较注意艺术质量，力戒标语口语化的毛病，如《太阳照耀着中国的春天》（力扬）、《一个残废的影子》（王亚平）、《五月战歌》（光未然）等诗作都是思想性和艺术性较强的作品。这年端午是屈原投江2216周年，该刊第12期出刊了纪念屈原专号。尤其难能可贵的是，在当时女诗人不多的情况下，该刊第14期出版了一期"女作者专页"，刊载了沈祖芬、霍薇等人的作品，颇引人注目。

诗歌战线社在本地积极开展诗歌运动的同时，还与外地诗人取得联系。同年4月，武汉的诗人召开一次发起组织全国性诗歌团体的会议，诗歌战线社即派力扬和常任侠二同志参加。因为日寇正大举向武汉逼近，长沙十分吃紧，《抗战日报》内迁沅陵，7月31日在长沙休刊，《诗歌战线》周刊也同时停刊。

诗歌战线社在长沙存在5个多月时期中，团结了一批诗人，为抗战做了大量工作，连续出刊了诗周刊20期，这在当时环境下是很不容易的。

抗战以前，长沙仅出现过一
个新诗社团——今日诗歌社，于
1936年在《力报》上出过两期《今
日诗歌》专刊，以后便销声匿迹
了。今日诗歌社的成员都是一些
初学写作的青年学生，没有造成
什么影响。诗歌战线社的活动，
无疑是对长沙诗歌运动的一个有
力的推动。

《中国诗艺》创刊号封面

《抗战日报》在长沙休刊前夕，
外地又有不少诗人流落到长沙。
诗歌战线社的诗友便与他们协商，筹备建立更广泛的诗歌组织——
中国诗艺社。

1938年6月24日《诗歌战线》第15期上刊登了《中国诗艺社
征稿小笺》，小笺称：

抗战开始后，文艺已在民族烽火中改换了一个崭新的
场面，这是不可讳言的事实。而作为文艺各部门中单位之一
的诗歌并没有展开它充实的阵容，抑不可讳言的。那纵然在
字面上如何冠冕堂皇而实际上却是空空无一物的叫吼诗、标
语诗，是广泛地流行着。无疑地，这一恶劣的倾向的不可抑
制的泛滥，使一般人对于诗歌的信念根本动摇起来！有些人
甚至已经很机械地这样说了："目前一班写诗的人，似乎都
只配制标语、喊口号。"……这抹煞一切的论调固不能使人

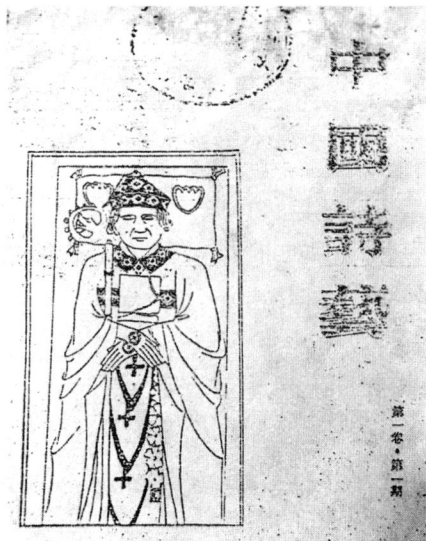

心服，而造成一般人对于诗歌信念的动摇也不是没有原因的。我们深深觉得，徒然指出所以招致这种误解的观念的病因来是不够的，我们必须用事实上的努力来纠正这种误解的观念和论断。因此，我们现在集合了一班曾经为诗艺努力而今后也将继续努力下去的诗歌工作者来组织一个努力诗艺的集团"中国诗艺社"。我们的计划，月出诗艺刊物一种，刊名已定为"中国诗艺"。那上面除了刊载有关抗战或任何积极性质的诗歌创作、诗歌理论、诗歌译作外，并拟挪腾出一部分地位，容纳木刻、插绘画等艺术作品。

这篇"小笺"值得注意的是：它在抗战诗坛上公式化、概念化倾向盛行的时候，首先明白地提出了反对"标语口号化"的问题，这在当时是需要勇气的。他们的这种反对错误潮流的精神是十分可贵的。这封征稿信后列名为"中国诗艺社发起人"的除原诗歌战线社的成员外，还有杜衡、周煦良、周白鸿、玲君、施蛰存、徐迟、徐仲年、徐愈、路易士、滕刚、钱君匋、戴望舒等共31人。因此当时被认为是现代派诗人在抗战中的一次大集合。但是一些发起人多只挂了个名，并未参加实际活动。因为当时正处战乱年代，诗人们分散于各地，且行踪不定，集合就更难了。

1938年8月10日《中国诗艺》创刊号在长沙出版，从这期刊物的内容来看，正如"征稿小笺"说的那样，多是"有关抗战"或"有积极意义"的；从艺术上看，诗作明白易懂，一反20世纪30年代那种晦涩的倾向，体现了现代派诗人在抗战中的变化。在创办刊物的同时，他们积极筹备出版一套诗歌丛书，在《中国诗艺》第1期刊物上还刊出了丛书目录，包括李白凤、吕亮耕、葛白晚、林咏泉、孙望、徐愈、汪铭竹的著译诗集共8种。中国诗艺社成立不久，10月武汉失守，诗人们纷纷向西南疏散，《中国诗艺》在长沙出了创刊号便停刊了，上述丛书也未能出版。1939年1月《中国诗艺》在贵阳复刊，1941年6月迁重庆，同年10月终刊。这期间该社成员进进出出变化很大，但活动并

◐ 1941年艾青（前排右）与中国诗艺社成员常任侠（前排左）、林咏泉（后排右）、孙望（后排左）合影

没有完全终结。"中国诗艺社丛书"也陆续由重庆独立出版社出版，其中有李白凤的《南行小草》、常任侠的《收获期》、绛燕（沈祖芬）的《微波辞》、吕亮耕的《金筑集》、孙望的《小春集》、汪铭竹的《自画像》、杜衡之的《哀西湖》、李长之的《星的颂歌》、程铮的《风铃集》、徐仲年的译诗集《逝波》《光明与黑影》。这套大型诗丛，无疑是抗战新诗的一个重要收获。

诗歌战线社和中国诗艺社在极艰苦的环境中前后坚持了近5年之久，活动范围及湘、川、贵好几个省区，有力地推动了大后方诗歌运动的发展，使新诗在这些战前诗运落后的区域生根开花，并且成长了一批重要的诗歌作家，该社的中坚分子孙望、汪铭竹、吕亮耕等人都是有成就的诗人。中国诗艺社对于抗战诗歌是有贡献的，它应在新诗史上占一席地位。

（1988年）

湘籍新月诗人刘梦苇

刘梦苇是新月派前期的一位重要诗人，许多诗歌选本和诗歌史论都没有忽略他的名字，但对他的生平和创作几乎没有人作过专门研究，偶尔提及，大都语焉不详。本文试就刘梦苇的生平和创作作一些介绍。

一

刘梦苇，原名刘国钧，笔名梦苇、孟韦等。1900年4月出生于湖南省安乡县的一个封建家庭。他出生不久，父亲便逝世，三岁时母亲也离开了他。由于"家人的凶棱"，他无法在家中存身，只得离开故乡寄居于亲戚家中，从此开始了"二十年与人漠不关情"的孤独人生，后来他把自己在北京的居处称为"孤鸿室"，诗集也命名为《孤鸿》。

1919年前后，刘梦苇考入长沙的湖南第一师范学校。当时一师由易培基担任校长，他先后从全国各地延请了一批具有新思想的人物来校任教，其中有周谷城、孙俍工、夏丏尊、李达、田汉、赵景深、王馥泉、王鲁彦等，他们都是新文化运动的骨干分子。受校长和部分教员的影响，该校学生思想十分活跃。刘梦苇入校不久，

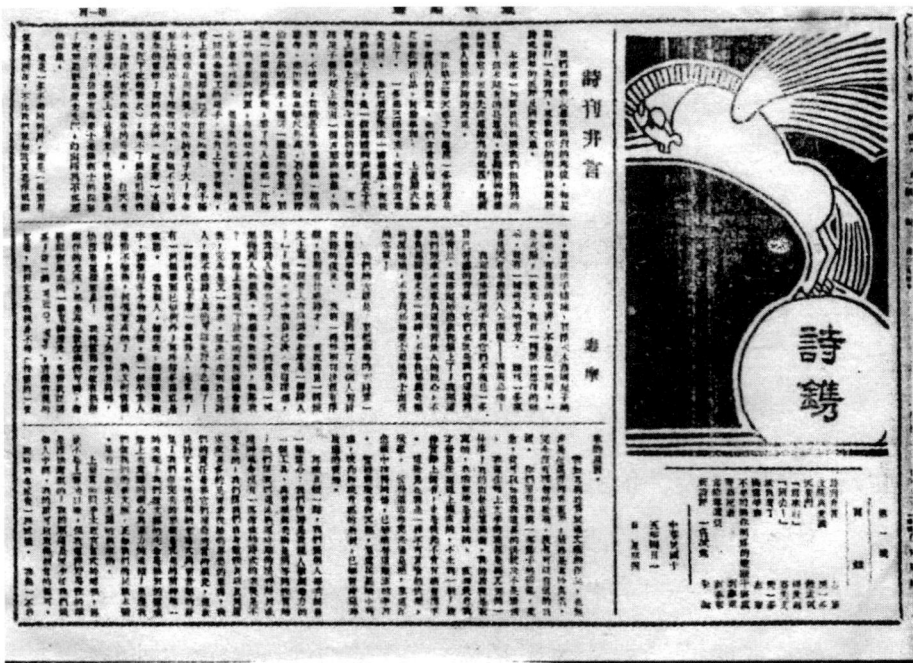

刘梦苇与徐志摩等编辑的《晨报诗镌》

便接受了新思潮的洗礼，倾向进步，很快成为学生中的领袖人物。1920年，著名的无政府主义者黄爱、庞人铨在长沙发起组织"湖南劳工会"，并领导了湖南最早的工人运动，刘梦苇与他们来往密切，深受他们的思想影响。

不过，刘梦苇终究未能成为一个马克思主义者，他的兴趣逐渐由政治转向了文学。

刘梦苇的文学创作活动始于1921年。当时，赵景深、王鲁彦等人在一师学生中组织"文学研究会"，刘梦苇参加了该会活动，并开始在报刊上发表文学作品。同年，他与长沙建本女校苏彦和等共同创办了《青年文艺》季刊，至1922年共出版四期，刘梦苇在上面发表了不少诗文。1922年7月17日，陈望道在上海《民国日报》上发表《录"青年文艺"中的几节诗代介绍》，向读者推荐了这个刊物和刘梦苇的作品。1923年6月，刘梦苇等人创办了《飞鸟》文艺季刊，由上海民智书局出版，创刊号上有他的小说《诗人的悲哀》等作品。同年，刘梦苇在郭沫若等人主办的《创造》季刊第2卷1期发表《吻之三部曲》，引起文学界的广泛关注，从此登上诗坛。

1925年初，刘梦苇离开湖南，先后到北京、上海、宁波、南京等地"到处漂泊"，一面寻找升学和工作的机会，一面结交文学界的朋友。这年夏天，他在南京清凉山杏院结识了新月诗人朱湘。由于两人有着大致相似的凄苦身世，一见如故，很快便成了挚友。不久，他们来到北京，同在适存中学教课。在这里他结识了闻一多，他们三人经常谈诗，刘梦苇后来说："大家谈到对于诗的许多意见，不期而同的地方很多。"随后，通过朱湘，他又与"清华四子"中的孙大雨（子潜）、杨世恩（子惠）、饶孟侃（子离）以及沈从文、蹇先艾、于赓虞、徐志摩、朱大神等人相识，他们经常聚集在闻一多的家中举办"读诗会"，对新诗的形式进行种种试验，同时，筹办《晨报诗刊》。

蹇先艾先生曾说，创办《晨报诗刊》，刘梦苇是"同人中最热心的"一个，朱湘在《刘梦苇与新诗形式运动》（载《中书集》）中有详细记载——

有一天我们到刘梦苇那里去，他说他发起办一个诗刊的刊物，已经向着晨报副刊交涉好了。他约我帮忙……我看了梦苇的面子，答应了。由他动议在闻一多的家中开成立会。会中多数通过，诗刊的稿件由到场的各人轮流担任主编，发行方面由徐志摩与晨报馆交涉。

《晨报诗刊》从1926年4月1日创刊，至同年6月11日"放假"，共出版十一期，刘梦苇在上面刊载了十四首诗作，是发表作品最多的一人。

正当刘梦苇进入诗歌创作的高峰期和成熟期的时候，肺病向他袭来。由于经济拮据，得不到良好的营养和医疗，病情日渐加剧。这时他正在与一个叫"YY"的女学生恋爱，失恋更加重了他的精神负担。他身心交瘁，终于一病不起，于1926年9月9日上午11时与世长辞，终年不满26岁。

刘梦苇死后，《北京晨报》《小说月报》等报刊作了报道。《小说月报》第10期"文坛消息"中说："他死后很清寒，家里又无音信，全由他的朋友们朱湘君、焦菊隐君的义助，凄怆地替他安葬在北京城外。"蹇先艾先生有《吊一个薄命的诗人》一文登在9月27日《晨报副刊》，朱湘也在他编印的《新文》杂志发表《梦苇之死》表示悼念。

刘梦苇的文学创作生涯，不过短短五年，但他给文坛留下了不算菲薄的成果。据不完全统计，有新诗集两部：一名《青春之花》，1924年上海新文化书社出版；一名《孤鸿》，生前编定，由朱湘交文学研究会出版，《小说月报》上也报道了此事，但始终未见问世。此外，还有小说、散文、杂文、评论约五十余篇，分别载于湖南《大公报》《劳工周报》《湖南学生联合会周刊》《洞庭波》《民声》《青年文艺》《飞鸟》《创造季刊》、上海《民国日报》《学汇》《北京晨报》《新少年》旬刊、《现代评论》《小说月报》等数十种报刊。

二

　　刘梦苇的文学创作以新诗数量居多，影响最大。现代许多重要
新诗选本都选录了他的作品，如朱自清选编《中国新文学大系·诗
集（1917—1927）》收录3首：《万牲园之春》《最后的坚决》《致某
某》；陈梦家选编的《新月诗选》收18家81首，其中有他的5首：
《铁道行》《最后的坚决》《生辰哀歌》《致某某》《示娴》；曹雪松
选编的《现代恋歌》也收录了他的《吻之三部曲》。新时期以来出
版的《新诗选》（上海文艺出版社1979年初版）以及港台一些新诗
选本也收录了他的诗作。

　　刘梦苇的诗歌，大致可分为下面三大类：

　　一、社会诗。刘梦苇刚跨入人生的门槛，便接受了"五四"进
步思潮的洗礼，因而，对黑暗社会的不满与抗争，对神圣劳工的赞
颂，对光明新生活的向往，成了他诗歌的一个重要内容。1922年
1月发表于《劳工周刊》上的《自由之花——1911年1月17午夜闻
爱友黄爱庞人铨死耗》（同时刊载于2月7日上海《民国日报·觉
悟》），1923年5月《湖南学生联合会周刊》上的《年年的五一》
《五一的狂歌——赠湖南工友们》等作品，以高昂的革命激情，表
现了对反动势力不妥协的斗争精神。《新少年》旬刊创刊号上（1925
年7月），《我们底新歌》则唱出了新青年的"伟大志愿"——

　　　　我们都是少年我们都是少年
　　　　不似弱者怯懦畏葸不敢向前
　　　　我们底面前躺着的道儿遥远

道儿上虽则凶狞的虎狼布满

我们都是少年我们都是少年

驱虎逐狼是我们伟大的志愿

这些作品从艺术上看未免稚嫩，但这种激情的狂歌的确唱出了当时进步青年的心声。随着时间的推移，诗人的艺术不断精进，到1926年"三一八"惨案前后写的这类题材的诗作，就没有了这种概念化的毛病了。《晨报诗刊》创刊号出了纪念"三一八惨案"专号，刘梦苇在上面发表了《寄语死者》和《写给玛丽雅》两首诗。在《写给玛丽雅》这首六十行的抒情长诗中，诗人以极大的义愤，揭露了

《新月诗选》封面

敌人的罪恶："中华底政府前血翻红浪，成了爱国志士底屠场。"表达了人民群众与反动派斗争到底的决心："同情的火已经熊熊地燃，我欲手刃那卖国的汉奸！"这首诗寓激情于形象之中，诗的构思也很别致，它采用一位参加请愿归来的男子向恋人述说自己心情的方式，使全诗有一个较好的表达角度，显得亲切而又真挚，比起那种泛泛而发的豪言，表现力就大为不同了——

我亲爱的玛丽雅：

假使我见你也泪下涟涟，
便会拭泪对你表白誓愿：
自由的花不是眼泪所生，
乃是英雄们底颈血开成；
如果我们对祖国犹存希望，
试想把它放在谁人身上——
我亲爱的玛丽雅，
自古覆巢之下无完卵
痛快的事是血染衣衫。

二、爱情诗。这一部分作品在全部诗中占的比例最大，艺术上也是最为突出。刘梦苇是以《吻之三部曲》一诗成名的，这首诗以极其坦率和大胆的作风，表现了年轻人对爱情的渴望与追求——

时间是如此地如此地难留，
生命是如此地如此地不久。
我底爱人、我底爱人哟，
我们要怎样才不算虚度？

人生既是一刹那一刹那地过去，
在个中你我可不要随意地辜负，
但只要一刹那之中有一个亲吻，
生之意义与价值呀——已经显出！

这种痛快淋漓的爱情表白，在中国旧诗坛上一向没有，就是新诗中当时也不多见。那时只有"湖畔诗社"的几位青年在低吟一些羞涩而纤弱的短小情歌，仅仅因为写了些"瞟我意中人"之类的诗句，便遭到了遗老遗少们的攻击。鲁迅对那时"咏叹恋爱的诗歌"因此"少见了"深有感慨，刘梦苇的这首热烈的狂歌出现，的确有使人耳目一新之感，无怪乎一下子便在青年中传播开来。蹇先艾先生在《吊一个薄命的诗人》中谈了初读此诗的感受——

　　最早我知道你的名字，是读你在《创造季刊》上的《吻之三部曲》，我真佩服你的大胆，那是一向的作家们，所不敢道的，所不敢披露的情绪，你居然能畅所欲言痛快淋漓地抒写，这不能不说是奇迹。你那首诗热情多浓厚，意味多深沉，像急瀑飞澜似的，像野马奔腾似的，真当得起"热情之狂歌"五字，当时你的诗给了我一个深刻的印象，不可磨灭的印象。

事隔五十多年以后，蹇先生还对此不能忘怀。1979年他在《晨报诗刊的始终》（载《新文学史料》第3期）中再次谈到这首诗，可见当时对青年影响之深。

这首诗在内容上也流露出某些旧式文人常有的"及时行乐"的思想："休追念过去的不幸，休远虑将来的前程：得过一刹那且过一刹那，得接吻时且赶快地接吻！"这与古诗中"且乐生前一杯酒，何须身后万世名"，如出一辙。只是李白的酒杯被刘梦苇的嘴唇所取代。它反映了当时青年人的苦闷，正常的爱的追求，为千百年来的礼教所压抑，他们便难免吐出些"矫枉过正"的狂言来。《铁道行》是他的另一首著名的情诗，全诗只有十六行：

我们是铁道上面的行人，
爱情正如两条铁轨平行，
许多的枕木将它们牵连，
却又好像在将它们离间。

我们底前方似很有希望，
平行底爱轨可继续添长。
远远看见前面已经交抱，
我们便努力向那儿奔跑。

我们奔跑到交抱的地方，
那轨道还不是同前一样？
遥望前面又是相合未分，
便又勇敢地向那儿前进。

爱人，只要前面还有希望，
只要爱情和希望样延长。
誓与你永远地向前驰驱，
直达这平行的爱轨尽处。

　　这首诗一反《吻之三部曲》的倾盆大雨的表白，全诗采用一个整体比喻，诗中选用"铁道"这一意象，将初恋中的少男少女欲合还分、若即若离的心境，表现得十分别致而精妙。这首诗做到了思想和艺术的完美统一。它不仅标志着刘梦苇诗作所达到的高度，而且是新诗中不可多得的优秀爱情诗之一。

三、述怀诗。诗人从小失去父母之爱，长大以后又饱尝生活的酸楚，而又无处诉说，于是他常借诗歌以自诉。这部分诗作感情真挚，哀而动人。特别是患病以后写的那些诗篇，更是读来令人揪心——

> 我对于这世界无所留恋，
> 人间的关系原本就浅浅。
> 今生呀，以不了了我心愿，
> 相见于黄泉之下啊，再见！
>
> 呕，呕尽它罢：一切的苦恨，
> 吐，吐尽它罢：一切的悲愤！
> 誓不将我这满腹的牢骚，
> 带了去污辱死后的精灵。
>
> ——《呕吐之晨》

与前面那些慷慨高歌相比，我们几乎不能相信是出自同一作者的手笔。不过，我们也可以从另外的角度看问题：诗人在贫病交加、痛不欲生的悲苦中，仍然写了前文所述的那些关注祖国命运的诗篇，这不更显出他的襟怀吗？何况，这些对个人悲苦命运的诉说，也并非完全没有意义。

三

刘梦苇通过自己的创作实践，对新诗的形式进行了许多有益的探索。朱湘在《刘梦苇与新诗形式运动》一文中，对他这方面的劳绩曾有介绍——

> 这个运动（按：指"新诗的形式运动"）的来源很久。音韵从胡适起就一直采用的。诗行方面，陆志韦的《渡河》当中就有许多字数画一的诗。关于诗章，郭沫若很早已经努力了。不过综合这三方面而能一贯地作出最初的成绩的，那却要推梦苇。我还记得当时梦苇在报纸上发表的《宝剑之悲歌》，立刻告诉闻一多，引起他对此诗形式上的注意。后来我又向闻一多极力称赞梦苇《孤鸿集》中《序诗》的形式音节。以后闻一多后来在这一方面下了点功夫。诗刊办了以后，大家都这样。

朱湘在文章中称刘梦苇是"新诗形式运动的总先锋"。陈子展先生在《最近三十年中国文学史》"文学革命运动"后篇中也说："自刘梦苇起，似乎以为中国旧诗每句字数有定，如四言、五言、七言，于是他想把新诗给它每句一定字数，——例如十字至十二字，也同时用韵。总之，他们作新诗，也要讲'格律'！"（见阿英《中国新文学大系·史料索引》。）

刘梦苇关于诗歌形式的论文并不多，目前见到的只有发表于1925年12月12日《晨报副刊》上的《中国诗底昨今明》一篇。这是一篇重要的诗论，它既具理论价值，又有史料价值，1926年4月《台湾民报》曾予以转载，而且是第一篇介绍到台湾的新诗论文。这篇文章从中国诗的历史源流，论述了诗歌形式的演变，认为当前不仅应该破坏旧诗，更应该从事新诗本身的建设；同时指出了今后新诗在形式方面总的努力方向。有两点特别值得重视：一是他认为新诗"不能摆脱了古人底束缚，重新入了洋人底圈套"。他批评当时一味模仿西洋诗的风气，认为"欧化的新诗，不是中国底新诗"。针对当时诗坛的情况，提出了"创造新诗，创造中国之新诗"的口号。二是他指出"中国之新诗""要有真实的情感，深富的想象，美丽的形式和音节、词句"。他在这里提出的新诗格律三个方面（形式、音节、词句）的要求，与闻一多后来在《诗的格律》（载1926年5月13日《晨报诗刊》第7号）提出的著名的"三美说"——"诗的实力不独包括音乐的美（音节）、绘画的美（词藻），并且还有建筑的美（节的匀称和句的整齐）"是一致的。

刘梦苇对于新格律诗的实践，在1923年前后已经开始。如《吻之三部曲》一诗，诗形大体整齐、匀称，每段三节，每节四句，句的字数也相去不远，押大致相近的韵，这是比较松散的格律诗。到1926年他写的诗，格律方面就严格多了。试以《寄语死者》为例：

> 告诉你：我并不妇人似的忧戚，
> 虽然我也不曾残忍地表示欢喜；
> 并且，我还有点儿憎厌大家哭泣，
> 因为凄惨使我眼底一滴一滴！

> 死者：请闭了眼皮安息在地底，
> 祖国底命运我已经得到了消息：
> 在那些哀悼你们的后死者心里，
> 将使你们底牺牲变成更有意义！

这是一首典型的"豆腐干式"的诗，不仅每行字数相同，而且句句押韵，一韵到底。如果说八行的短诗还比较容易做到的话，那么，长达四十行的《生辰哀歌》也如此格律严谨，就不是一般人能够做得到的了。刘梦苇对于新格律诗的实验是狠下了一番功夫的。《铁道行》在《晨报诗刊》第2号发表后，诗人仍在继续修正。他在该刊第3号上登出了一段"更正"启事。他说："第三节因前后两个同韵，读时没有变化，应将一个改为：

> 我们奔跑到交抱的地方，
> 那轨道还不是同前一样？

　　这是从"音乐美"的角度来考虑的；此外还有两处词藻的变动，则是从绘画美的角度出发的。经过诗人这么反复修改，这首诗从音韵、词藻和诗形等几个方面，的确达到了几乎无懈可击的境地。沈从文曾说："刘梦苇先生的诗，是在新的歌行情绪中写成的。"歌行是古典诗歌中比较自由活泼的诗体，从这首《铁道行》来看，他确实从歌行中吸取了某些营养。

　　刘梦苇并不拘泥于"豆腐干式"的诗形，他还作过多种形式的实验。他死前一个月发表在《小说月报》上的《无题》就属于另一类型：

> 在海滨，有我们无猜的一对：
> 你有你底爱心，
> 我有我底爱心。
> 我们一同拾着丽辉的蚌贝，

把它们在沙滩上砌成一堆：

凭着你底聪明

凭着我底聪明

但霎时来了不作美的潮水；

我们底理想的建筑呀，全毁！

在山坡，有我们多情的两个：

你有你的情意，

我有我的情意。

我们一同望着夕阳底光火，

想把两颗心在火光里融合！

不知哪是你底，

不知哪是我底；

但霎时来了不作美的夜魔，

我们底希望的灯彩呀，全落！

在这首诗中，整齐划一的诗行变成了有规律的变化，但对称美依然存在。押韵的方式也比较奇特，它采用的是ABBA式的变奏，这在西洋诗中常见，而在中国诗中却几乎不曾见过。

本文不打算对格律诗的优劣发什么议论。笔者要说的是：刘梦苇对于新诗格律的不断实践、不断探索的精神是值得钦佩的。他的经验应该受到重视。

（1996年）

湘绣从这里走向世界
——记早期湘绣美术大师杨世焯

杨世焯画像

清光绪三十年（1904年）初冬的一天，长沙大古道巷鸡公坡鼓乐喧天，鞭炮齐鸣，附近居民都赶来看热闹。只见街口一家店堂门前大红灯笼高挂，红联耀眼，门楣上新悬挂了一块黑底金字大招牌，上书"春红簃绣庄"几个大字。门内大堂四壁挂着大幅绣品，有比真人还大的绣像、花卉四条屏、百子图被面、龙袍戏装等。身着马褂或旗袍的男男女女纷纷在厅中观看，一个个啧啧称奇。他们是第一次看到这种大型湘绣精品。在此之前，长沙虽然有过几家绣庄，但出售的多是小件，诸如荷包、枕衣、鞋面之类，而且上面只绣些简单的图案。而眼前的这些绣品，则显得大气、高雅多了。人们不禁相互打听：这春红簃的主人是谁？熟悉的人便会介绍说，这是著名国画大师杨世焯开办的。

杨世焯出生于宁乡大湖塘一个书香世家，但他从小无意于功名，却对绘画艺术产生了浓厚的兴趣。青年时代，他即从湘潭著名画家尹伯和学画。后来，为了进一步深造，他变卖了部分祖业，到苏杭一带饱览了奇山异水，拜谒了不少画坛高手，观摩了历朝丹青珍品，眼界大开，画技猛进。他长于工笔，尤以翎毛、花卉著称。

进入中年的杨世焯回到家乡，继续绘事。和那些自命清高的文人不同，杨世焯对本地的民间艺术有着浓厚的兴趣，尤为关注当地的民间刺绣。湘中一带妇女有刺绣的习惯，荷包、手帕、烟袋、鞋面上常常配以绣饰。杨世焯决心对民间刺绣来一番改造，大胆地尝试着将国画移植到刺绣上。他绘制了许多画稿，用水粉勾在绢缎上，并注明用线的色彩深浅疏密，教族中青年女子刺绣。山水、花草、翎毛、走兽都搬上了绣件，原本单一的针法也演变成了多种繁复的绣艺。在生产日常实用绣品之外，杨世焯又尝试着开发单纯以审美为目的的绣品，如画屏、字屏。他自作画稿，指导绣工们精心刺绣，让国画艺术在湘绣中再现。经过一段时间的实验，大获成功。因此，湘绣逐步形成了典雅的风格，一举登上了艺术的殿堂，名门富家争相购买，产品送到长沙，中外商人以重金收购，一时身价百倍。杨世焯先生开创的文人画与民间刺绣相结合的道路，对湘绣知名度的提高产生了决定性的影响。

为了培养高水平的湘绣人才，19世纪末，他在自己家中开馆传艺，下设刺绣、绘画和雕刻三科。前来学艺的近五十人，开始学生多是族中女眷，后来远处的外姓姑娘也慕名而来。杨世焯自任教师。他讲课时，先备有实物标本，如花鸟草虫之类，将它们各自的特点、颜色、神态都一一详尽讲解，并把自己多年积累的绘画经验传授给她们。通过几个月的学习，学员们都掌握了基本技能，其中还涌现了一些刺绣高手，杨世焯的族侄媳肖咏霞，侄女杨佩贞、杨厚生等尤为突出。

○ 牛燕图　杨世焯绘　杨佩贞绣

为了扩大营销，杨世焯在长沙贡院东街杨氏会馆内设驻省湘绣营业处。接着，他于1904年带着一批麻山绣女来到长沙，在大古道巷鸡公坡开设了"春红簃绣庄"。从此，湘绣走上了规模生产的新阶段。与长沙其他以生产日用品为主的湘绣作坊不同，春红簃绣庄主要制作供观赏的艺术品，走的是"雅"的路子，赵子昂的马、郑板桥的竹、何绍基的字都上了绣品。绣像是当时湘绣业务的大宗。春红簃的绣女们曾多次为大人物绣像，赵尔巽任湖南巡抚时，特地叫春红簃绣庄绣了一幅慈禧太后的巨像作为上寿礼物，深得慈禧本人喜爱。曾任江宁布政使、署理两江总督的著名诗人樊增祥来长沙时，特地到春红簃湘绣庄参观并定制本人的绣像。

春红簃绣庄生产的高雅绣品，在国内外展览中屡次获得好评。1910年4月，在南洋劝业会举办的展览会上，湘绣初露头角。春红簃绣庄绣的小墨竹石画呼声尤高。评委会对它的评语是"湖南馆杨世焯画稿，劲节扶疏，墨分五彩，为水墨绣画中之特出"。此件由肖咏霞所绣，获得"鹰头奖"。在比利时举办的博览会上，肖咏霞的绣品又获得金奖。由此，湘绣逐步走向世界。

当时杨氏绣庄的常年技工就有数十人之多。值得一提的是，著名革命前辈陶承同志当年也曾在这里学过艺。她在《我的一家》一书中记述了这段经历："十三岁上，我在湖南有名的杨季棠湘绣馆学过两年湘绣，那时的湘绣主顾，多是官绅人家。一幅中堂，几扇条屏，多的要卖几十两银子。杨家的手艺是家传，像人的眼睛、动物的卷毛这些细活，总是放在内室，由他的儿媳妇自己做，不传外人。我们只做粗活。说是粗活，也不简单。案下摆着布绷子，绷上绣样，缎子上虽先由画师打好了图样，可是只是轮廓，自己还得按小图配线出层次，一根丝线要劈成16根，每根颜色，从最深到最浅，又要分成十三种。我学了两年，连画稿也学会了。"据陶承的生年推算，她学绣当在1906至1907年间。

家藏杨氏绣庄绣品，何子贞（绍基）书

杨世焯培育出的早期宁乡绣女，后来为传播湘绣技艺作出了不小的贡献。叶潮在20世纪30年代出版的《中国美术织绣史》一书中说："清季湘中风气大开，女学校设立甚多，凡女校中教刺绣之教员，多为杨氏女弟子，故派衍顿盛，成为湘绣之一系焉。"肖咏霞不仅在长沙、衡阳传艺，后来还应北京务本大学之聘担任教授。"湘绣之与顾绣（指苏绣）争雄，大抵宁乡女工之成绩"（《宁乡县志》），实非溢美之词。

宣统三年（1911年）七月十一日，杨世焯在长沙病殁，归葬宁乡麻山。当地名士杨文锡有一副挽联，恰切地概括了他的一生事业：

罗斯福总统绣像（杨佩
贞、杨培宽绣）

传癖盲左，书摩率更，四五载考定欧苏，续辑宗房谱帖，迄今兹竣工家乘，携寓星垣，过我苦叮咛，妥拟标题光墓室；

曼倩诙谐，云林手笔，数千里遨游吴越，浏览花鸟山川。到晚年寄迹湘湄，振兴商务，买丝教绣作，争传名誉遍中西。

上联说他喜爱《左传》，书法学欧阳询的"率更体"，花费四五年时间重修麻山杨氏族谱。下联说他有东方朔那样的诙谐性格，绘画学元代大画家倪瓒手笔，晚年提倡湘绣。

《宁乡县志》上说："湘绣之驰名中外，实世焯倡之。"杨世焯耗尽了半生精力，花去自家大部家产，为发展湘绣事业作出了卓越贡献，功不可没。

杨世焯逝世后，他的事业由再传弟子唐仁甫所继承，民国时期开设在药王街的锦华丽绣庄，可算是春红簃的后身。这里聚集了新一代宁乡绣女。1933年，由杨世焯的后人杨佩贞、杨培宽绣了一幅当时美国总统罗斯福的大型绣像，在芝加哥世界博览会上展出，各国观众称奇叫绝，获得金奖殊荣，湘绣因此在大洋彼岸广为人知。博览会后，当时的湖南省主席将它送给了罗斯福本人，总统本人也为这件精美的艺术品所倾倒，这一绣像至今仍保存在白宫中，成为中美两国人民友谊的历史见证。

（2011年）

靖港紫云宫的一次文化盛宴

从长沙乘船顺湘江下行六十里，老远就看到一座七级宝塔高高耸立，它就是靖港的标志性建筑——杨泗塔。塔下是庙宇恢宏的紫云宫。紫云宫始建于康熙年间，宫内既祀关圣帝君、财神、平浪王爷等道教神仙，又奉观音老母等佛教圣祖。靖港处在沩水和湘江汇合处，港里经常停泊着几百上千的舟船。每次出航之前，船民们都要到紫云宫中上香，他们奉杨泗将军为水上保护神，因此杨泗将军神殿中香火特别旺盛。久而久之，紫云宫便被当地人称为杨泗庙了。

在靖港与新康之间原有一座镇湘楼，不知什么年代毁于兵火。清朝末年，明净法师主持紫云宫时，经他四方筹措资金，又在宫内盖起了一座三层小楼。为了与镇湘楼区别，他为新楼取名"镜湘楼"。楼宇临江，倒影映在波平如镜的水面上，更显得多彩多姿，这楼名既别致又贴切。当明净法师去省城请大学者、诗人王闿运先生作记时，他对此楼名大为欣赏，欣然应允为之作楼记。记成之后，明净法师又请省城著名书法家书碑，由丁字湾最优秀的工匠刻石。这块堪称文字、书法、刻工"三美"的《镜湘楼记》石碑被嵌在新楼第一层大厅正前方的墙壁上，正对前面的戏楼。书法大师何绍基生前曾为镇湘楼题过一联，这次重新油漆一遍，悬于戏台两侧

靖港紫云宫旧影

的台柱上，联云：

> 高阁倚南溟，看九万里鹏飞，无数烟云生眼底；
> 重湖通左蠡，听卅六湾渔唱，大千风月入怀来。

何联与王记相映成趣。

镜湘楼落成这年仲秋的一天，紫云宫内张灯结彩，鼓乐喧阗，举行开楼盛典。被邀前来参加开光仪式的有省城及周边铜官、新康、乔口各寺庙住持，靖港镇上的商贾绅士等。王闿运先生特地从省城前来，尤为难得的是，同他们一道而来的还有沈曾植先生。沈先生是嘉兴人，进士出身，官至刑部主事，工诗词，当时正在武昌主持两湖书院，前不久来湘办事，王闿运先生便邀他一道前来参加今天的盛典。当他们乘的船只在码头停靠后，明净法师率一大部僧俗人众前往河边迎接。
一路鞭炮声中王闿运先生来到
镜湘楼前，翘首观看大楼外貌，
只见楼的顶端高悬一匾，"镜
湘楼"三字赫然入目。二层顶
端又有一匾，书"数峰青"三
字，这是从钱起的神句"曲终
人不见，江上数峰青"中而来，
下面是戏楼，匾置于这里，很
是贴切。看毕，明净法师将贵
宾引入大厅。大厅石碑前安放
了几把太师椅，待贵宾入座后，
其他与会人员纷纷涌入大厅。
礼生宣布开光仪式开始，明净

王闿运像

法师先将几位贵宾向与会者作了介绍，然后请王、沈两位先生为
楼记碑刻揭幕。当两位在鼓乐声中将碑上覆盖的黄纸揭开时，大
厅里人们不觉眼前一亮。大家洗耳恭听礼生朗读碑文，然后发出
啧啧称赏。

王闿运先生等先后发表讲演，简短的开光仪式之后，明净法师
邀请省城来的贵宾和当地的十多位名士一同登上三楼观景。推开窗
户，隔江远眺，对岸铜官古镇历历在目，俯瞰江心，白帆船结队而
过，空中水鸟翱翔，仿佛王勃《滕王阁序》中描写的"秋水共长天
一色，落霞与孤鹜齐飞"的景色又在这里重现。

王闿运先生说："对此良辰美景，岂可无诗？"明净法师立刻响
应，请大家入座品茶赋诗。王先生对沈曾植先生说："你是诗坛名

家，又是远道而来的贵客，这开篇非你莫属。"沈曾植先生推辞了一会儿，然后站起来道："湘绮先生是当今文坛领袖，他的话我不敢不从，那我就先来抛砖了。"接着他即席吟出了下面这首《湖楼公宴奉呈湘绮》的七言律诗：

> 诀荡湖山偶主宾，危楼百尺谢风尘。
> 江流不隔中原望，塔影难回梵劫春。
> 三世衣冠都似梦，会心鱼鸟故亲人。
> 南来兰浪成何事，且伴先生一垫中。

沈先生在这首诗里，盛赞镜湘楼超群脱俗，意境旷远，立于楼前远眺仿佛能穿越洞庭遥见中原，面对波光塔影，尘世的一切都成了梦幻，这里的鱼鸟也感到特别亲切。他在诗中对今天能参与这次优雅的盛会，领略王闿运先生的华章和风采，引以为荣幸。

沈先生不愧为词场高手，出口成章，清词丽句博得众人称赏。在这些文苑泰斗面前，平日颇为活跃的当地名士都不敢发声。经王闿运先生再三鼓励，几个胆子大的也在席间吟诵了自己的献词。

这时，王闿运先生忽然对明净法师说："你那天到我家里邀我参加庆典时不是说过还要去邀敬安法师吗？怎么他现在还未到呢？"敬安法师又称八指头陀，是著名的诗僧，享誉海内。明净法师答道："那天从您府上出来我便去了开福寺邀请敬安法师，正好他们那边有重要的事情缠身，抽不出身来，今天来不了啦。"

王闿运先生道："敬安法师的诗在当今释子中无人可匹，逢上今天这种宗教界的盛事，他不会不作诗的。"

他正说着，一个小头陀手握一个大信封上楼来交到明净法师手上。明净法师急忙打开信封看了一遍，满脸喜色地向大家宣布一个好消息："敬安法师派人送贺诗来了。"说完他将手中的诗稿向大家扬了扬。会场上立刻活跃起来。王闿运先生不无得意地说："我没说错吧！"接着他请明净将诗吟给大家听。

敬安大师作的是一首五言古体诗，诗题为"靖港紫云宫明净法师建镜湘楼成宴集道俗，王先生壬秋为之记，余以事不与，作诗寄题。"贺诗全文如下：

○ 八指头陀像

靖港古屯戍，熊湘资咽喉。
帆船接洞庭，津鼓连橘洲。
开士审其要，排云建飞楼。
秋霞澄夕阴，月影碎川流。
良辰集道俗，广坐罗珍羞。
奇文耀华藻，玄论豁昏幽。
兹会吾不与，情往如同游。
川途咫尺间，来去千万舟。
取意各自适，谢彼波中鸥。

他在诗中盛赞明净法师在靖港这个上连橘洲、下接洞庭的湘中咽喉之地，兴建了高耸入云、流光溢彩的镜湘楼，王闿运先生为之作记，在这秋霞明丽的良辰，主宾欢聚一堂，我虽未能前来，但我的心飞到了大家的身边，和大家一起分享了欢乐。

敬安法师充满热情的诗篇将这次集会推向了高潮。

这次紫云宫镜湘楼落成庆典，既有王闿运作记，又有沈曾植、八指头陀题诗，加上何绍基先前作的楹联，荟萃一楼，真可算得上是一次文化盛宴，在紫云宫和靖港历史上留下浓墨重彩的一笔，时至今日谈起它来仍然令人向往不已。

（2017年）

PART 4
第四辑

浇花人语

JIAO HUA REN YU

真情作诗感得人

——萧志彻先生的《湘涟集》读后感

萧志彻先生的传统诗词集《湘涟集》最近由漓江出版社正式出版，我读后受益匪浅。我是研习新诗的，对传统诗词虽有爱好，但很少尝试。倒不是怕人说"开倒车"，而是感到用传统形式作今诗还有许多问题有待解决。传统诗词是古人用当时的文字表达古人的情感，不存在内容和形式之间的矛盾。今人则不然，旧瓶装新酒，很容易弄得不和谐，写得太白便成了快板、莲花落，太文又不像今人之诗。关于利用旧形式的问题，几十年来文艺界有过多次讨论，但都没有取得一致的看法。新时期以来，写传统诗词的人多了起来，他们在这方面作了许多有益的尝试，荒芜先生所作《麻花堂诗词》就是比较成功的一例。他是从竹枝词一路民间形式走出新路子来的。其实，传统诗词能适应今天生活内容的形式还有许多，歌行体就是其中之一。歌行体不像竹枝词那样限于七言四句，它可长可短，比较灵活自由，格律不如七言律诗、绝句那样严格。萧志

萧志彻照

彻先生就是刻意从这方面努力并获得成功的一人。《湘涟集》中的《骄杨之歌》《湖南英烈歌》等几组长诗，就是以歌行体作今诗的佳品。

萧先生一向诗崇元白，主张诗歌为时为事而作，形式上力求通俗易懂。既不用典，也不用古人的死文字，而纯然用今人说话般的口语作诗，这组英雄歌集中体现了他的诗歌主张。

在当今传统诗坛上，优秀的长诗十分少见，萧先生的这组精彩的长歌因而引起了广泛的关注。著名诗人张光年先生读了发表在《诗刊》上的《骄杨之歌》和《湖南英烈歌》后，曾写信给作者说："您的诗热情奔放，语文流畅，旧诗写得这样，颇见功力。"确是中肯的评论。

感情真挚是这两组诗成功的重要原因，清代诗人江湜说过："一切文字皆贵真，真情作诗感得人。后人有情亦被感，我情那不传千春。"

萧先生对革命烈士怀有十分诚挚的仰慕之情，对他们的英雄气概尤为敬佩，他在一首绝句中写道：

> 铁板铜琶唱大江，天空海阔意昂扬。
> 炎炎胄裔英雄气，一入诗行引兴长。

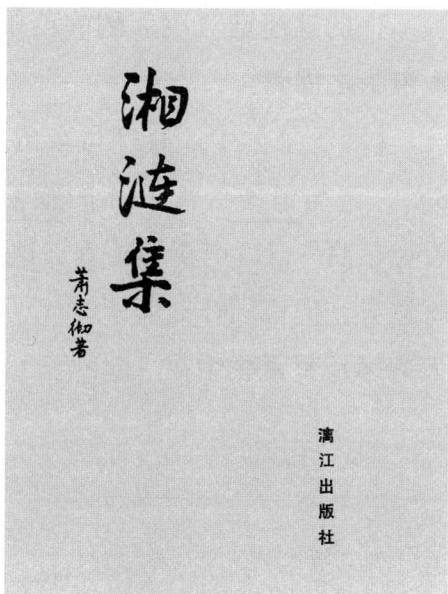

《湘涟集》书影

湘涟集

萧志仰 著

漓江出版社

他的这组浩气凌天阙的英雄之歌，读了真叫人精神为之振奋，血液为之沸腾。

《湘涟集》中还有抒写亲情友情的短章，也清新可读。如七律3首，记与留居台湾31年的胞弟重逢："抱头痛哭犹疑梦，挚手长看始信真"，写得真切感人。这些诗虽与前面所述的那些英雄歌题材迥异，但都同样充满了时代精神。在这些诗篇中，邦国命运与个人遭际是紧紧联系在一起的。

（1991年）

清末长沙抢米风潮的忠实记录

——读刘笃平、唐樱著《长沙记忆》

1910年3月，湖南省城发生了一件震撼全国乃至世界的大事变，它就是著名的长沙"抢米"风潮。"湖广熟，天下足"，湖南历来是个产粮大省，长沙又位居全国四大米市之首，按理这里的居民是不至于挨饿的。但是，由于前一年湖南粮食歉收，奸商与贪官相互勾结，趁机哄抬米价、囤积居奇。到这年3月，城中许多贫苦民众沦为饥民，因无钱购粮而全家自杀的事接连发生，终于激起民愤。饥民砸了奸商把持的碓房，痛打前来弹压的官员，进而冲入驻省最高行政长官驻地，一举烧毁了巡抚衙门。清廷急忙调集邻近省份驻军前来镇压，这场悲壮的饥民起义虽然被镇压下去了，但它在中国近代史上写下了重要的一页，为清王朝敲响了丧钟。

时间过去了将近一百年，长沙历史上这一重大事变，却没有一本完整的著作来记录它，我常为此感到深深的遗憾。2007年年初，我的这种遗憾消失了，因为一本名为《长沙记忆——清末长沙"抢米"风潮》的书摆上了我的案头。一口气读完这部长篇纪实著作，我感到莫大的欣慰：这一段文学记录上的空白终于被有心人补上了。

填补这一空白的是老作家刘笃平和青年女作家唐樱。作为一名

●○《长沙记忆——清末长沙"抢米"风潮》书影

中学历史教师，刘笃平先生早在20世纪50年代就开始收集这一事变的原始材料；70年代前期，他又花了三年业余时间，进行了一次抢救性的发掘，采访了一批仅存的当事人和目击者（当时他们都已属耄耋之年），并作了详尽的记录，保存了一批极为珍贵的原始材料。因为刘先生年事已高，加上患有眼疾等多种疾病，写作长篇纪实的计划一直未能完成。21世纪之初，刘老将这批珍贵资料交给唐樱女士，并托付她完成自己未了的事业。唐樱从头开始，花了大量时间精力查阅资料，熟悉、研究抢米风潮前后的长沙社会民情，对原始素材进行了认真的分析，去粗取精，去伪存真，终于写成了有着重要价值的《长沙记忆》一书。

真实，是纪实文学的生命，也是它的魅力所在。过去，虽有一些片段文字记述过抢米风潮这一历史事变，但大多根据传闻写成，失实之处不少，甚至连最初引发这场民变的米店也众说纷纭，没有准确的说法。本书作者根据原始材料，经过反复核实，终于弄清了引发此事变的乃是碧湘街原戴顺义碓坊。书中对戴顺义其人其事作了详尽的记叙，对当时该店发生的事情的全过程作了令人信服的描述，读来令人如临其境。像这样的例子，书中还有多处，可见作者所下功夫之深。

细节，是构成叙事性作品的主要元素。以往关于抢米风潮的文字记载，之所以不为读者所满足，很大程度上是因为只记叙了事变的大略经过。《长沙记忆》一书弥补了这种不足，在注重大关节的记叙的同时，加入了大量细节描写。如鳌山庙中饥民痛打警官赖子佩的场面，火烧巡抚衙门的过程，都写得详尽而细致，既有全景式的场面描写，又有个别人物的具体活动的特写镜头，写得有声有色。

着重人物的刻画是长篇纪实与一般通讯的重要区别。《长沙记忆》的作者深谙此中之道，书中以浓墨重彩描写了一些主要人物，突出了他们的性格特征。如戴顺义碓房老板的横蛮、霸道、贪得无厌，知县郭中广的圆滑、胆小怕事，警官赖子佩的愚昧、顽固，巡抚岑春蓂（此处原文"蓂春萤"有误）的色厉内荏，饥民起义领头人刘永福（此处存疑，一般认为长沙抢米风潮领头人并非刘永福，需进一步核实）的敢作敢为，锯断抚院门前旗杆的木匠刘永明胆大心细、临危不惧，都给人留下了比较深刻的印象。

《长沙记忆》熔史料性和文学性于一炉，是一部值得一读的好书，必然会得到文学界和史学界的重视。

（2007年）

早逝的工人诗人——张觉

　　工人诗人张觉离开我们将近15年了。每当人们提起他的名字，他的模样便立刻清晰地浮现在我的眼前。

　　那是1959年夏天，我刚到创刊不久的《长沙文艺》编辑部工作，在阅读来稿时，经常看到一位署名"小青"的作者投来的小品文，那颇为辛辣的文字引起了我的注意。为此，我写信约他来编辑部面谈。没几天，他来了，一副典型的产业工人模样：身着一身工作服，脚下蹬着一双粗糙的翻毛皮鞋，左眼皮角留着一块伤疤。他拙于言辞，憨厚中透着几分倔强。

　　我问起他的经历，他告诉我：本名张觉，1932年出生于长沙县河西（今望城区白马乡）一个农家，读过高小，后因家庭生活困难，17岁时父亲送他到长沙市一家小机器厂当徒工，新中国成立后转到湖南公路局汽车场（即今之长沙市客车厂）工作。通过几年工人夜校学习，文化水平得以提高，对文学产生了兴趣，业余时间练习写作，还未发表过习作。他讲完，我告诉他，不必拘泥于一种文体写作，建议他尝试些诗歌、戏曲之类。他接受了我的意见，不久便有民歌、唱词之类的习作寄来，我从中选了几篇予以发表。

　　1960年7月，长沙市文联与市总工会联合举办了一次大型诗会，他在会上朗诵了几首民歌，其中不乏佳句，受到听众好评。我因负责这次诗会组织工作，在场的新华社记者约我写篇关于诗会的通讯稿，我在稿子中着重介绍了张觉。稿子向国外播发了，张觉大受鼓舞，写作兴趣愈发浓厚。1961年，市文联成立了一个诗歌研究组，也由我组织。当时已经崭露头角的青年诗人钟黔宁、李克琳、于沙、李昆纯等都是这个组织的成员，每逢星期天集会，切磋诗艺，交流心得。我们把张觉也吸收了进来。他和众多诗友接触后，眼界开阔了，从此不满足于创作七言四句的民歌，开始写起新诗来。不久，《长沙晚报》发表了他的处女诗作《我和我的战马》。报社副刊部负责人谢作孚、黄林石对张觉倍加扶植，他的诗几乎是每稿必登，半年时间便发表了三十首之多。他们又约我写了一篇评论文字：《火样激情火样诗》，登在1962年1月5日的《长沙晚报》上，这是关于张觉诗作的第一篇评论。接着，《湖南文学》也连续发表他的作品，并组织一次笔谈，著名诗人未央还为此写了专文。康濯同志调到湖南担任省文联副主席以后，对张觉特别关注，约我带着张觉去面谈，给予了许多嘉勉和种种帮助。1964年，湖南人民出版社出版了张觉的诗集《挥刀集》，康濯同志又特地请远在河北的老诗人田间为之作序，并将集中部分作品推荐到发行国外的《中国文学》杂志上刊登。

正当这位工人诗人登上文坛之时，他却于1974年英年早逝了。

1978年，湖南人民出版社重印了他的《挥刀集》，他的家属送了一本给我，重读他的那些作品，一股热流直涌上我的心头。他的一些表现家国情怀的诗，全都发自肺腑，真诚又质朴——

我常常昂着头把你望了又望，
夜晚对着灯光，白天对着太阳。

这就是生我养我的祖国啊，

每一口新鲜空气都是哺育我的乳浆。

——《国旗》

他的大部分诗作都是写普通工厂和工人的生活，有些搞文学的人认为工厂生活单调、枯燥，没什么好写的。但在张觉的笔下却是到处充满生机、富有诗意——

请看这车刀刃口跳出的火花，

像不像天安门前放焰火？

像这样奇妙的想象只有对工厂生活有着深厚感情的诗人才能写得出来。一把普通的凿刀，一只半旧的扳手，这些没有生命的物件，都被他赋予了灵性，都成了他亲密的朋友。

如今，他所深爱的祖国，深爱的工厂，都正在发生巨变，如果他能活到今天，我想他一定会谱写出更加美妙的乐章来。

（1982年）

让中国画走近现实生活

——《徐芝麟国画作品精选》读后感

徐芝麟先生从事美术工作已50年。最近，他的画册由辽宁美术出版社正式出版。虽然画册只收录了25幅画作，却是他在各个时期具有代表性的作品。读着它，就像在看他的回顾展，从中可以窥见作者毕生的艺术追求。

徐先生年轻时习粉画，画过好些儿童题材的作品。20世纪60年代初，他致力于美术的民族化、大众化，改习年画，转而向民间学习。他曾经到滩头、永乐宫、敦煌莫高窟等地实地学习，受益匪浅。他力求用中国传统年画表现现实生活，画册中的第一幅作品《将军送子务农图》就是他在这方面的一次成功尝试。这幅作品作于1963年，作者深入浏阳革命老区体验生活，敏锐地捕捉到一位将军送儿子回故乡务农这一典型事例，创作了这幅新颖的年画。作品注重事物的内涵，重在表现高级干部与人民群众的血肉联系，因而具有超越时空的效用。

新时期以来，徐先生作品的路子更宽广了，重点转向写意人物画创作，但他着重表现现实生活的一贯追求没变。国画界一向把画现代人物视为畏途，徐先生却偏偏要闯一闯。他画了大批现代人物，从苗家少女到边防战士。他的现代人物画善于抓住瞬间动态来

表现人物的精神世界,《人民的公仆》就是一个很好的例子。作者
选择了周恩来在招待所中帮助服务员推三轮车运送被服这一感人细
节,恰到好处地表现了领袖的普通劳动者风范,于细微处见精神,
有血有肉。徐先生的中国人物画在艺术上有自己的创造,但他是在
传统基础上的出新,是从表现当代生活需要出发来创新,而不是故
意标新立异。

　　中国画应该走近现实生活,才能延续它的生命,才能有新的发
展,这是不争的事实。但它又决不仅仅是题材问题,需要众多的画
家来深入探索。徐先生在这方面已迈出了他坚实的步子,如果持之
以恒,我想是大有可为的。

（2005年）

《山水寄情》前言

我经常从报刊上读到李元辉君别致的游记。最近，他将散碎的珠玑精心编成一册《山水寄情》。得以窥其全璧，使我再次从中获得良多美的享受。

瑰丽、新奇、丰富，是这本册子给我留下的印象。细读之前，瞄一眼目录，我就被吸引住了："镜泊湖之旅""冰城三记""红楼寻梦""今日梁山""金顶牧云""西施故里"……一串心仪已久的胜地，平日无缘造访，作者却用一支纤笔，引着我在南疆北国、西域东瀛作了一番逍遥游，真是其乐无比。我不能不为作者丰富的见闻和瑰美的文字所折服。

对于游记，我没有专门研究，但喜欢阅读。我以为，它和其他文学作品一样，贵在有新的发现。"江山如有待，花木总无私。"在交通发达、旅游业日益兴盛的当今之世，人们花上一些时间和金钱，凭借一份导游解说词，即可到风景名胜流连一番。读者之所以

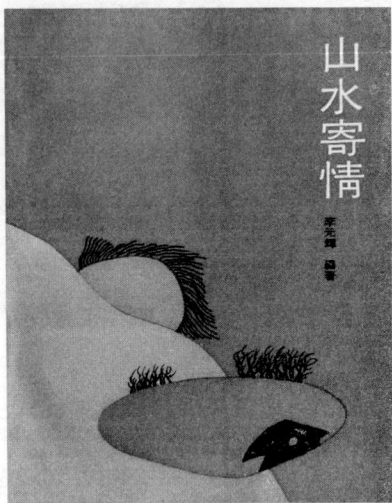

《山水寄情》书影

◐ 1992年作者与李元辉在漓江合影

在实地考察之后还要阅读游记，就是因为作家有比一般人高一筹的审美情趣，能从人们所见略同的景观中，领略出多种情趣来。明人黄汝亨在《姚元素黄山引》中说得好："我辈看名山，如看美人，颦笑不同情，修约不同体，坐卧徙倚不同境，其状千变！"作家从不同角度出发，"各言其美"，江山因此而益增妩媚，读者的审美要求因此得到多方面满足。我想，游记的功用大概不外于此。元辉君是熟谙此中三昧的。他总是将自己的笔触伸入到大自然这座文学富矿中去探英采精，作品中到处可见新的发现。内容上以奇见新固然不易，但"前人之述备矣"的题材要出新意尤为难能。例如观日出，正如作者自己所说，这是一种"最古老也最陈旧的项目"。古往今来，以此为题作文者多矣。《山水寄情》中也收入了《北戴河观日出》和《金顶牧云》两篇，同一题材，由于作者抓住了渤海之滨和峨眉山顶的不同环境以及两次观赏的不同心境来写，因而各有特色，不给人以雷同、重复之感，殊为难得。

新鲜的内容还得有新颖的手法来表现。游记这种体裁，大多是以第一人称的方式将作者所见所感直接向读者呈述出来。这种方式能给人以亲切、逼真之感，但用多了就容易产生行文单调的毛病。故游记作家还必须在谋篇布局上多翻新样。看得出《山水寄情》中一些篇什在这方面是下了功夫的。如《栈桥观海》，青岛之胜在于海。如果像写海市、日出那样摄取一两个瞬间镜头，是断乎难以表现其美之所在的，故而作者用一支摇曳多姿的彩笔，将海滨晨昏晦暝变化、退潮涨潮的静姿动态，从不同角度作了细腻的描摹，这样青岛的多种风姿尽收眼底。读者的心，一时被那"像冲锋的勇士冲击、扑倒、再冲击"的拍岸惊涛所攫获，而热血沸腾；一时又被那"像一朵朵清香四溢的小花在空气中散发出的淡雅的温馨"的琴岛浮灯所带走，而逸兴遄飞，从中获得丰富的美的享受，足见作者的匠心。

走笔至此，我忽然想起宋人王安石在《游褒禅山记》中说过的一段话："世之奇伟、瑰怪、非常之观，常在于险远，而人之所罕至焉，故非有志者不能至也。"《山水寄情》中所展示的瑰丽、新奇、丰富的山水之美，正是作者通过辛劳跋涉所获得的。元辉君并非专业旅游者或脱产作家，而是一位企业政工师。年过半百，却保持着年轻时代军旅生涯中养成的那种蓬勃朝气。他工作勤勉，政绩斐然，而又兴趣广泛，乐水乐山。每到一处，忙完公务，必四出寻幽探胜，猎险搜奇，夙兴夜寐，笔耕不辍，数年内终有此一集问世。元辉君，真志士也。

（1989年）

天道酬勤

——写在《杜鹃花》前面

前不久，王俞同志告诉我，他的散文游记集《杜鹃花》即将刊行，我为他创作上取得新的成果而高兴，向他表示祝贺。接着他要我为他写几句话，我对游记并无研究，建议他请专业行家去写。他却说，这份差事之所以派到我头上，是想留一点友谊的纪念。既然如此，我便推却无由了。

是的，作为一位过从甚密的朋友，我的确应该写点什么。因为读者对王俞其名其文虽早已熟悉，但其人其事恐怕就知之有限了。假如朋友们不出来说说，那就是有意或无意藏人之善了。

我和王俞最初接触是在1967年。那时候，无法相与细论文。不久，干部下放，我们便像旧小说里形容的那样："忙忙似漏网之鱼"，一个下到水河畔，一个放到了洞庭湖滨，真的相忘于江湖了。1972年，我被调回长沙筹备复刊文艺杂志，王俞则分配到报社工作。我们接触的机会多了，我对他的经历才有所了解。他少年时代在家乡衡阳读书，因受他的伯父——一位老报人的影响，对文学发生了兴趣，读了大量诗文。后来抗美援朝战争爆发，他应召参军到了朝鲜，恰好又与著名诗人未央在同一个军里。虽然那时他们并不相识，但未央在文学上的成功给了他极大的鼓舞，复员以后便开始了笔耕生涯。

在与王俞的接触中，我认识到他是一位对事业有着执着追求的人。他那种自强不息的精神使我深深佩服。他几乎是全身心地扑到了新闻和文学事业上。白天，他骑着自行车深入基层采访，每晚写作到午夜以后，次日凌晨照样起床，然后胡乱吃点早点匆匆赶去上班。真是"夙兴夜寐，靡有朝矣"！报纸上隔不上两天便能看到他的诗文。有一次，我好几周不曾见到他，后来见面一问，方知他受了伤。一天下雨，他骑车到工人文化宫去，脑子里还在进行艺术构思，没留神，掉到了正在挖掘下水道的水沟中，腰部严重挫伤，被送进医院。这年冬，他又因在斗室中埋头作文而煤气中毒，差一点儿丢了性命。听了他讲起这些，我真为他捏了一把汗。而他却像说笑话一样轻松，真有置生死于度外的气概。

几年的苦拼硬打，为他以后在文学上的发展打下了基础。进入20世纪80年代以后，他由原来的诗文全面出击，转向旅游文学重点进攻。这时，文学界已没有什么人去干"深入生活"之类的"蠢事"了，有的人干脆关起门来编造庸俗小说捞取钱财，王俞却并不懂得取巧，偏偏选择了旅游文学这种苦差事。要写好游记，只在几个风景点上走马观花是不成的，必须攀崖入穴，探险寻幽，方能有新发现。一般文人都不堪其苦。笔者就因几次爬山而生病，从此视为畏途。王俞却乐此不疲。他为了写《千里湘江行》一书，曾经三次沿江漫游，从发源地广西海阳山到洞庭城陵矶长江入口处，作全程追踪考察，断断续续四年之久，行程达五千华里。这是何等惊人的壮举。王俞并不是徐霞客那样的专业旅游家，他肩负着繁重的本职工作，旅游只能在节日和有限的创作假期进行，而且还得自己掏腰包买车票付房钱。几年来，他连春节也不曾好好休息过。1984年大年三十夜，当人们团聚在电视机前欢度除夕的时候，王俞吃完年夜饭又匆匆登上了南行的列车，继续他的湘江之行。我不知道文学界前辈有没有人作过这种沿江考察工作。作为第一部完整的纪游著作的作者，王俞的名字是应该载入湘江史册的。

在完成《千里湘江行》一书以后，王俞又先后对南岳衡山、武陵山区和浏阳河作了实地考察，足迹遍及整个芙蓉国，长江长城也到处留下他的踪迹。他接连为读者奉献了《天下南岳》《武陵源》等两部游记，现在又推出了这本《杜鹃花》。几年来，他发表的作品已达200万字，"天道酬勤"这句古训在他的身上得到了最充分的体现。

王俞的游记，不但内容丰富，而且艺术上也具有特色。他以朴素的笔墨勾勒了一幅幅山水画，给人以美的享受，同时又熔知识性和趣味性于一炉，读了能增长见闻。

有缘先睹朋友的新著，使我这个难于出门的人，坐在家中便能领略到祖国的山川之美，免却许多车马之劳、跋涉之苦，实在是一件幸事。我希望对于游记有兴趣的读者都来读一读这本王俞的新著，一定会得到比我更多的收获！

（1988年7月）

璀璨如粒粒珍珠

——李少白小诗集《星光点点》代序

　　20世纪30年代，诗坛上曾出现一股长诗热，一些理论家为之叫好，但作为诗坛泰斗的郭沫若却颇不以为意。他认为："好的诗都是短的诗。好的长诗大半是短诗的汇集，或者只是其中某些章节好。"以后他又撰文指出叙事性长诗早被小说所取代了，现在写长诗是一个走回头路的倾向。他的这话当时遭到诗坛的激烈反对。事隔半个多世纪，回头来看那场是非，平心而论，郭沫若的见解并没有错。因为诗天生是一种精巧的语言艺术。

○ 作者与
著名儿童文学家
李少白合影

李少白小诗集《星光点点》书影

有鉴于此，我对于小诗一向有所偏爱。年轻的时候，每当读到中外诗人好的小诗，便将它抄在日记本上，反复吟诵玩索，许多小诗至今仍能背诵，而那些篇幅很长的诗却大都忘记了。可见小诗有别样诗体不能取代的优越性。

小诗篇幅短小，少则两三句，多则七八句，看似容易成篇，其实不然。在这样短小的篇幅中做文章，正如长沙话说的"螺蛳壳里做道场"，这就需要匠心，需要智慧，需要反复推敲，真正做到"字字珠玑"。那种信手拈来、不假思索的态度是不成的。记得艾青在20世纪50年代曾写过一首题为《珠贝》的小诗——

在碧绿的海水里，吸取太阳的精华。
你是彩虹的化身，璀璨如一片朝露。
凝思花露的形状，喜爱水晶的素质。
观念在心里孕育，结成了粒粒珍珠。

这首诗写的是珍珠，我以为将它来比拟小诗的创作过程也十分精当。不是吗？好的小诗正是集天地之精华，将哲人之思与诗人之思熔于一炉，用最凝练美丽的文字表现出来，就像是粒粒璀璨的珍珠。

多年来，这种优秀的小诗集在诗坛已不多见，而写给儿童的小诗集更是凤毛麟角。读了著名儿童文学作家少白的《星光点点》真有如空谷足音，令人怦然而喜。读着这些精美之作，就像把玩珍珠玛瑙叫人久久不愿释手。因为篇幅的关系，我不能在这篇小文中一一举例，相信读者一定会比我更喜欢它。

　　末了，我愿借此机会提倡一下精美的小诗创作，希望更多的诗人来参与这项工作，这不仅是读者的需要，而且对于诗歌艺术的发展大有裨益。

（1997 年）

诗歌让他的人生得到升华

——王炳志《生命的长卷》前置词

听说王炳志同志将有诗集问世，作为与他有多年文字之交的朋友，我的喜悦之情难以言状。他嘱我为《生命的长卷》写几句话，我当然乐于从命。不过，我之所以向读者推荐他的诗集，并非像古人所说的"半为交情半为私"，而是认为它确有值得一说的地方。

王炳志同志人不"贵"，位不"尊"。他从小做工，现在年过半百，依然在一家金属仓库当管理员。他既没有在专门学校研习过文学，也没有什么家学渊源。然而，凭着自身的努力，逾越了重重障碍，终于学有所成。从20世纪70年代起，陆续在各地报刊发表诗作300余首，集腋成裘，而今居然有此赫然一集呈现于人前，怎能不叫朋友叫好、同仁振奋？

王炳志同志的成绩取决于他对诗的诚挚追求与热爱。他在生活中，几乎没有什么嗜好，一心迷恋于诗。我从事文学工作30余年，接触的写诗的朋友数以百计，但是，像他这样年少好此、既老不衰的还不多见。王炳志也没有染上一般青年诗爱者所容易沾染的毛病：有的以为写诗是件轻松事，不像搞科学那样艰辛，想以此作为涉足名利场的跳板；有的抱着"玩诗"的态度，随意胡来；有的偶有几首作品被登于报尾，便以此骄人，俨然"才子"自居；而当

○ 1990年
作者与王炳志合
影于井冈山

碰了几个小钉子以后，便弃诗而去等等。这些对待诗的轻佻态度，
在王炳志身上几乎全然没有。他对诗歌的爱，是纯洁的，而非功利
的；是持久的，而非短暂的。在诗歌和文学红火的年代，他是如
此，在当前商品社会人们冷淡了诗的日子里，他依然如故。其实，
作为商业部门的职员，生财的机会是很多的，但王炳志却宁愿让大
把金钱从自己身边溜走，而不愿冷落了他的"恋人"——他似乎决
定与诗"从一而终"。诗，使他超越了世俗，也超越了自我。一位
七月派诗人说得好：在商品社会里，诗人应该是唯一保持赤子之心
的人。我并非反对人们发财，但是，为着诗的事业，应该有一批人
为此作出牺牲。他们的精神追求本身就是一种宝贵财富，应该得到
社会的尊重。

　　我之所以要在这篇短文中花如此多的篇幅介绍作者，目的在于
使读者更好地了解他的作品。古人常说：知人然后可以论诗。因为
诗歌是诗人人格的写照。当然，其他文艺作品也无不反映出作者的

人格追求，但哪一种也没有诗这样来得直接。故而读者通常总是联系人品来论诗。并非说本书作者人格已经如何完善，但他的作品质朴，没有做作，不无病呻吟，的确是"诗如其人"。请看下面这首：

铁

你的面孔是冷峻的
尤其在美人触摸的时候

你的骨头是坚硬的
尤其是敌人袭来的时候

你以此献给年轻一代
献给他们作脊梁

如果不熟悉作者的人读了，也许会轻易从眼皮下溜过，但当你了解了诗人以后，你就不会认为它是什么说教，而会视它为挚友（一个钢材仓库工人）的金玉良言，而觉得掷地有声了。

关于这本诗集的艺术，已有论者在后记中作详尽论述，无须我在此多言。我不过借此机会说了些老生常谈的话罢了，愿与作者、同仁共勉。这些话也许不合时宜，令读者生厌。但如果有一天这些旧话真的无须重提，我想那便是诗坛至幸，社会至幸了！

（1993年）

为寻常百姓而歌

——曾仕让的诗集《琴思》印象

前不久，为着写《中国新诗发展史》一书，我翻阅了20世纪20年代关于"诗是贵族的还是平民的"论争资料。从当时那场争论，联想到当前的诗坛，感触良多。我觉得，小说家能放下架子写些大众文学，为什么我们的诗人不可以效法他们，让诗歌也飞入寻常百姓家呢？我正在思索这问题时，曾仕让同志赠我一册《琴思》。匆匆读完，我的心头掠过一丝喜悦，因为我听到了一曲"今人多不弹"的劳者之歌。

无须细谈内容，翻一翻诗集的目录，你便可从中领略到他的平民风采：采矿工、"炮"队长、筑路战士、捣"药"姑娘、纺织女工、消防队员、渔家大嫂、摆渡老人……这么多的普通劳动者出现于诗篇之中，真是群英荟萃，美不胜收。这些，当然已不是什么新鲜题材，过去也有人为他们唱过许多廉价的赞歌。但《琴思》与那些"假大空"的诗歌决然不同：它没有去制作耸人听闻的豪言壮语，也极少去描绘轰轰烈烈的场面，它重在表现他们丰富多彩的感情生活，从看似平凡的事物中去发掘诗情——

当晚霞在远山消失

◐ 2005年摄于长沙市第六届文代会（左一为曾仕让）

喧嚣的公路归于沉寂

铺开稿笺

在十平方米的世界

属于我的空间里

展开暖烘烘的构思……

    远离城市的深山养路工的生活是单调的，但他们的情感之河并不枯竭。白天在尘土中打滚，夜晚却当起业余作家来，"从生活的荧光屏中寻找泥土、砂石和沥青的命题"。纺织厂的姑娘们也并不因为繁重的体力劳动而泯灭了她们爱美的天性，她们赶在流芳溢彩的季节前，在工厂门前栽种众多的花卉，把它当作"向春天发出的请帖"。这一张张"稿笺"与"请帖"流露出他们对于生活多少深情！爱情是人类生活的一个重要方面，《琴思》中不少情诗，表现了劳动者质朴而又粗犷的心灵美，别具情趣。

在艺术上，曾仕让从民歌中吸收了不少养分——

桑木扁担颤悠悠
挑着两筐情
这边，鹅肥鸭儿壮
那边，柚黄蜜橘红。
整整十冬春
未进娘家门
人也穷，地也穷，
怕听爹妈叹息声……

率真、晓畅，富于音乐美，这是《琴思》的艺术基调，它是合乎一般群众的审美心理的。就像知识分子偏爱现代诗一样，老百姓也有自己的爱好，我们没有理由去鄙薄他们的艺术要求。当然，我们也并非要诗人降低艺术标准去迁就他们。我们的责任是通过诗歌去引导他们提高审美情趣。

曾仕让同志是一位工人出身的诗人，他当过多年外线工，并且现在还在做工会工作。他与工人群众有着亲密的联系，对于他们的思想感情和艺术要求都十分谙熟，因而他的诗合乎他们的口味，受到他们的喜爱。我祝愿他在认真总结以往写作经验的基础上，艺术上不断开拓，写出更多的佳作。

（1991年）

巧裁乡韵入诗篇

——介绍青年诗人谢午恒

●● 1990年作者与谢午恒在井冈山博物馆前合影

这些年来，湖南文学界在全国颇具名气。一提起"湘军"，便能列举出一长串名字。然而，不无遗憾的是，这长长的名单中竟没有诗人。其实，诗坛与小说界一样，同样人才辈出、新秀如林，只是有的批评家对他们诚挚的声音充耳不闻罢了。《湖南文学》开辟专栏，拟对他们一一介绍，实在是大得人心之举。因此创作本文，略表野人献曝之诚。

我要介绍的是谢午

恒。这个名字，读者或许并不陌生。近几年，他先后在《诗刊》《湖南日报》《新创作》等数十家报刊发表了诗作130余篇，并荣获《青年作家》专题诗歌竞赛大奖。他不算长的创作经历颇具特点。

谢午恒出身于望城县一个普通农家，少年时代似乎并未受过特殊的文学熏陶。20世纪80年代初，他进入大学，攻读的也是理科。不知为何，那些枯燥的公式和定理，竟诱发了他的诗思。1981年7月，20岁的他在《株洲日报》上发表了处女作《开拓者之歌》，从此便与诗歌结下不解之缘。1983年，谢午恒告别学生时代，他没有留恋舒适的城市生活，毅然选择回家乡工作。这一选择，对他日后的创作产生了决定性影响。故乡的山川人物，赋予他诸多灵感，他从此开始了对乡土题材诗歌的开拓。那时，一些年轻人一味追奇猎怪，乡土诗遭人轻视，也难以在报刊上发表。但谢午恒并未理会这些，他像蚯蚓一样埋头耕耘——

> 在这方寸的土地
> 我伸展自己最大的臂力
> 没有被埋没的痛苦
> 乐于默默翻耕，哪怕有点孤寂
>
> ——《为了土地》

他咏三月的"荠菜花"、五月的"龙舟赛"；他写古老的"牛铃"、传统的"窗花"，从"妈妈手中的算珠"看到乡亲"圆满不衰的希望"；从普通的窗棂中惊喜地发现"美神，走进了农家"。他以饱满的热情，写下了一系列农村工匠的赞歌：铁匠、砌匠、石匠、弹匠、油漆匠、雕刻匠……从那些被诗人遗忘的角落发现了真

正的诗美:

> 你锤炼的作品
> 不仅是弯刀、锄头和犁
> 那是雷电锻合的拓荒者的希望
>
> ——《铁匠》

> 他知道
> 这枚印章将戳上主义的尊严
> 戳上劳动争得的富裕
> 戳上每一个舒心的日子
> 因而在他的眼里
> 这枚小小的印章
> 是一块肥沃的土地
> 是一方明朗的蓝天
>
> ——《刻图章的老人》

这些诗篇,从不同角度展现了农村普通劳动者对生活执着的爱。纵观谢午恒发表的全部诗作,乡土题材几乎占半数以上,不仅在数量上占重要比重,而且质量也高于其他题材。谢午恒是踏着故乡的泥土走上诗国的。后来他在一首诗中写道:"我的故乡,你是我生活的坚实的支点。乡情拧紧的缆绳,牢牢地拴住了我的心尖。"我认为这正是谢午恒写诗的秘诀。当今之世,诗人众多,要使自己的声音给人留下些许印象,就得有这样一个"支点"。一些年轻朋友,似乎不明白这个问题的重要性,常常随风作"信天游",虽然可能一时显赫，但随即陷入"永恒的沉默"，究其原因，恐怕大多与这个问题有关。当然，这并非要诗人都去"老死山谷"。谢午恒的目光也并非永远停留在"故乡的山"上面。"记住故乡的山吧，前面还有许许多多的山，在等待我们……"随着生活阅历的不断丰富，他努力从广阔的视角去"鸟瞰人生"，他写各种各样的人物和事物：煤海剪影、婚礼舞会、城市姑娘、北国诗人……他写纷繁复杂的人生感触，组诗《心灵的回光》便是

谢午恒诗集《沐浴阳光》书影

如此。他还写了不少爱情诗，在这个古老的领地留下属于他自己的足迹。他的情诗不是对异性的廉价赞歌，也不是那种热情奔放的浪漫曲，而是带有某种冷峻的色彩。如《蒲公英》一诗中，诗人以"沉默的山脉"自比，而将自恋的少女喻为"扑入山的怀抱的蒲公英"。诗中山的倾诉十分动人——

> 我徒有耸立的高度
> 我的怀抱却不配做你的理想的归宿
> 贫瘠的空旷令我暗自伤楚
> 常常因为自己的荒芜而泪珠闪耀
> 虽然，在我心的深处燃烧着
> 赤诚的爱火，奔涌着情的漩涡……
> 蒲公英，洁白的蒲公英

请驮着我的希望与祝福

　　飞越更高的等高线

　　这不应视为"自惭形秽"，而是出于对爱情的忠诚。唯其如此，才更显得爱的无私、高洁。

　　在内容方面不断向纵深拓展的同时，谢午恒注意努力丰富自己诗的技巧。他善于选用新奇的意象，讲究巧思。如《孤岛》围绕"江心孤岛"这一中心意象，巧妙地把其他事物都罗织进来。全篇着力渲染失恋者的孤独感，结尾却以恋人的手臂比作长桥，诗情急转，然后戛然而止，结得十分有力。这类情诗若处理不当，很容易写得散漫、流于直露。由于作者在构思上下了一番功夫，便具有集中和蕴藉之美，能给人留下较为新鲜而深刻的印象。

　　又如在一首诗中他连用了好几个独特的意象来状写"男人的思念"——

　　是挟带沙石的旋风

　　穿越时间的峡谷

　　强劲的呼啸把女人挥动的红纱巾

　　呼啦啦响成拂动的相思

　　是山顶上摇晃的松树林

　　每一根坚贞的松针

　　缝补着夜的寂寞

　　作者从古典诗词中吸取了某些营养，宋人贺铸《青玉案》词结尾："试问闲愁都几许？一川烟草，满城风絮，梅子黄时雨。"一连用三个比喻状写"闲愁"，以景状情、以实写虚，曾使诗坛倾倒。谢午恒在这里也是用的类似手法。但他不是简单地套袭古人，而是在前人的基础上又推进了一步。假如仅仅把"男人的思念"比作"挟沙带石的旋风和满山摇曳的松林"，还是不能把诗情推向高潮的。他在这两个比喻之后，分别加上了几个补充句，就使得它的表现力大大地强化了。藏在头脑中看不见摸不着的"思念"一下子跳了出来，变成了可感可触的东西，"每一根坚贞的松针，缝补着夜的寂寞"，造语新警，容量很大。

《心灵的回光》组诗中的《失眠》也写得颇有特色。"世间多少能诗客，谁是无愁得睡人？"（杜荀鹤语）每个诗人几乎都有对失眠的体验。"夕殿萤飞思悄然，孤灯挑尽未成眠，迟迟钟鼓初长夜，耿耿星河欲曙天。"这是通过听觉和视觉对外界事物的感应来写失眠。但失眠者往往并不像白居易描写的那样清醒。它常常处于一种似醒似睡、晨昏颠倒、阴差阳错、纷纷扰扰的境界——

> 有一种无声的东西
> 在某处响着；
> 在某处亮着。

谢午恒在这里用矛盾修辞的句式来表现失眠者矛盾着的心态，显得恰到好处。这首诗中还运用一些象征手法。象征不像比喻那样把要说明的事物显示得明白、清晰、具体，它的功能在于唤起读者的自由联想——

> 巨鸟翔舞而来

栖息在安谧之上

无边的羽翼

孵热忧伤和梦

又即将拍翅飞去

"巨鸟"指什么？作者没有把谜底揭示出来，要读者自己去揣测。其实它并不特指什么具体的事物，也没有必要去坐实。作者不过是为了将那些浩茫纷乱的思绪烘托、渲染得越加强烈罢了。这首诗的内容与表现手法是和谐的，和谐为美，作者是深谙此中之味的。

谢午恒在诗的国土默默耕耘，已经取得了春播的好年景，我们期待他更加丰硕的秋天早日到来。

（1987年）

文学是人生的副产品

——范良君《药赋》序

范良君是活跃于20世纪七八十年代的一位业余文学评论家，我和他有着30年的交往。前不久听说他患颈椎病在市郊医院住院治疗，我正要去看看他。自从他担任湖南省医药公司的负责人之后，成天忙得不可开交，我们很长时间没有叙谈了。我想趁他住院和他多聊聊，谁知他接到我的电话后，连连"挡驾"，因为他并不能成天待在医院，还得每天回公司处理事务，说不准什么时间"归号"。苏东坡说："因病得闲殊不恶。"想不到良君生病仍然这么不得清闲，我只能在电话中祝福他几句。一个月以后，他突然来到我的办公室，递给我一叠散文稿，40多篇，稿纸足有两三寸厚。他告诉我：全是住院期间晚上在病榻旁写成的。我有些不能相

范良君

信自己的耳朵。良君真是一位"拼命三郎"啊！他的事业心是那么强烈，本职工作成绩斐然，然而繁杂的商务并未能泯灭他对文学的深情。当今商界沉溺于声色犬马的老总大有人在，而良君却能保持着这样一颗赤子之心，是何等的难能可贵！

带着欣慰的心情，我通读了他的这一叠文稿。这些文字，全都是记叙他自身的经历与感受的，不仅使我对于作者有了更深入的了解，而且从中获得了良多启示。良君从14岁起到药业当学徒，做仓库管理员。但他并没有消沉，仅有初中肄业文化程度的他，远离家庭和亲人，独自在冷僻的市郊仓库的"药箱垛垛"里，开始了漫长的自学。他没有领略过红袖添香夜读书的情趣，陪伴他的只有暗淡的孤灯与窗外的冷月。真是十年寒窗无人问啊！他就这样，从20世纪60年代到70年代，完成了从中学到大学的全部课程，而且阅读了大量古今中外的文学名著，开始了写作生涯，先后写出了文学评论、散文和儿童文学作品30多万字。良君的成长过程，鲜明地体现了"艰难困苦，玉汝于成"这句古训。

改革开放的大潮把良君推上了企业领导岗位，他的文学活动减少了，我们之间的接触也不如以前多了，但我一直在关注着他的事业，每当从报端或从朋友的言谈中得知他的公司正蒸蒸日上，我心中就有着说不出的欣喜。一位有前途的作者虽然暂时在文坛封笔，企业界却多了一位事业有成的老总，于社会于民众，不是同样有意义吗？不过，我又常想，要是二者能够得兼该有多好。因此，我们每次见面，仍然希望他多写些东西，以便将花费了多年努力积攒的学问得以"致用"。及至这次读了他这一叠文稿，我才知道我的想法错了。良君何曾闲置他的学问呢？就像有的商人将《孙子兵法》用于商战一样，良君则是将某些文学写作的法则与自己的事业联系了起来。譬如文学写作以了解社会、熟悉人生为前提，商务又何尝不是如此呢？一些企业家也不自觉地这么做过，良君却是有意识地这么去做，这就使他大大地尝到了甜头，使他避免了走许多弯路。良君事业上的成功可以说很大程度上得益于文学。他的十几年商界奋斗史不就是一部活的文学、真的文学吗？

不少成功的企业家，由于文学知识的短缺，不能将自己的经历用文学传达出来，致使许多真文学淹没了。良君却用生动的笔墨，将他的商海奋斗史再现出来。尤其难得的是：良君从事的并非一般贸易，而是一种特殊的商业——药品经营，这个领域在我们的文学界似乎还没有人涉足过，因而鲜为局外人知，他的这部《药赋》在一定程度上满足了人们了解这一领域生活的需要，更何况这些文章在艺术上亦有其独到之处，全部作品都充满了真情实感，绝无当前流行的那种矫情的毛病。其中一些篇什插入了一些精辟的议论，也都是作者从实践中悟出的人生真谛，而非书本上的现成道理。由于《药赋》一书具有这些特点，因而使它具有感人的力量，它既能让读者得到美的享受，也可让人们从中得到良多教益和启示，对那些与作者一样从事医药经营的业务能手和企业家就不用说了！

不记得哪位外国作家说过：文学是人生的副产品。20世纪伟大的苏俄作家马卡连柯以自己成功的事业为内容，写出了不朽的文学巨著《教育的诗篇》。我希望良君的事业更加兴旺发达，人生更加辉煌，将来奉献给读者更多的优秀作品。

（2000年）

一本别开生面的青春诗集

——浅评胡拥军的《终极的孤旅》

记得少年时代，乡居最惬意的事之一便是清晨逛菜园。看着那如诗行般整齐的畦中，青翠欲滴的菜芽一片欣荣，心中真有说不出的欢喜。走到豆棚瓜架之下，用手拨开浓密的藤叶，忽然发现掩藏其间的硕果，这意外的收获更会让我心醉大半天。后来从事文艺工作，我常常带着逛菜园子的心情来阅读年轻人的作品，每当读到一篇优美的诗文，那种愉悦之感，比在枝叶间发现硕果更胜十倍。最近，我读了胡拥军的诗集《终极的孤旅》，便有这样的感受。

老实说，刚看到书名时，我不禁心生疑惑。因为这些年来，不少现代诗的模仿者一味因袭前人，诗中常常满是孤独与忧伤、死亡与梦幻，使得诗歌园地颇为单调。意境雷同、题材雷同，甚至字句雷同的诗读多了，难免让人产生疲倦之感。等我读了胡君的诗集，才知道它并非我所揣测的那样，因而获得了更多意外的喜悦。

胡君的诗集中确实不乏孤独忧伤的意境。请看他笔下的"太阳"——

> 你在孤独中悲壮地沉沦
> 又在孤独中辉煌地升起

永远以孤独的光辉

照耀人间孤独的生命

……

你以光辉的孤独征服了自己

又以孤独的光辉征服了世界

孤独之感，人皆有之，诗人自然可以去表现。但它绝非人生百感的全部，正如欢乐不会是人的情绪的全部一样。因此，诗人应当更多地去抒写多样的意境。我们欣喜地看到，胡拥军正是这样做的。他时而把我们带入充满青春气息的校园，感受师生间真挚动人的情谊；时而将我们引到洞庭湖边，领略那些野性的男人和女人聚居的芦荡风情；时而带着我们潜伏在爱的"小路旁"，倾听情侣们甜蜜的倾诉。胡君的诗不仅向我们展现了生活的丰富性，尤其难能可贵的是：他的作品极少重复他人，也极少重复自己。即便面对陈旧题材，他写出来也能让人耳目一新。我曾读过许多写鹰的诗篇，

● 2024年3月作者与胡拥军合影

大多是赞美其雄姿，向往其高远。而胡君绝不蹈前人覆辙，竟然向鹰发出了这样发人深省的忠告——

> 倘若你不回首地面
> 一切向上的方向都是虚空……
> 天空选择了你
> 你终不能拥有天空

诗人不能满足于对事物的共识。胡拥军深谙此道，所以他的诗意境独特而新颖。

胡君刻意追求诗的现代表现手法，但他没有一般现代诗模仿者的怪癖，不少作品具有朦胧之美，却绝无令人气闷的晦涩。"朦胧"与"晦涩"不同。朦胧犹如雾中看花、月下观景，那花那景本是美的，只是显隐程度有别而已。晦涩则有如紫姑扶乩、巫伯画符，那乩那符本无多少美感可言。

中国的现代诗歌，经历了20世纪20年代李金发的艰涩，到20世纪30年代戴望舒、何其芳的畅达并达到高峰。这是现代诗歌艺术走向成熟的标志。因此，胡拥军努力将现代的艺术手法与晓畅的传统相结合，值得称道。

（1997年）

《少年文学写作技法》序

朱赫同志从少年时代开始笔耕，四十多年来创作了300多万字文学作品，先后出版小说、散文和文学理论著作6部，成绩斐然。尤其难能可贵的是，他十分热心培养少年作家。自20世纪90年代起，他在浏阳开办少年作家培训班，将这一工作视为神圣事业。多年来夙兴夜寐，几乎把全部精力都投入其中。功夫不负有心人，少年作家培训班硕果累累。1997年，有100余人获全国征文奖；1998年上半年，又有60多个学员在全国获奖，朱赫本人也多次荣获"优秀园丁奖""伯乐精英奖"。正因如此，少年作家班在浏阳市乃至全省群众文化战线声名大噪。我们常听闻社会办学中存在"拉夫凑数"现象，许多学校为争夺学生展开一场又一场"生源大战"。然而，朱赫开办的"少年作家班"却是另一番景象，学生入班需经过严格筛选，进班颇为不易，甚至出现家长为让孩子入班，托领导写条子、打电话的情况。由此可见"少年作家培训班"的盛誉。

朱赫同志办班能够成功，并非他有三头六臂，或具备什么特异功能。他的成功在于，将自己几十年来积累的写作实践经验，与少年作文有机结合。少年作家培训班讲授的内容，均由他精心安排。他把枯燥、深奥的文学理论，深入浅出地通俗介绍给少年朋友；培训班授课内容既有作家名作赏析，又有学生习作评点。课程融知识性与趣味性于一炉，理论与实践并重，使少年朋友们易于接受、乐于接受，从而消除了他们对文学的神秘感和畏难情绪，激发了他们的写作兴趣，增强了他们学好写作的信心。他的这一成功尝试，为培养文学后继者开辟了一条道路，也为中小学作文教学改革作出了有益探索。

为便于更多少年朋友学习写作，他将自己多年积累的讲义整理出来，编成这本《少年文学写作技法》，这是一件大有益处的事情。我相信，广大少年朋友定能从中获得诸多教益。

（1998年）

徐拂云、姜福成、夏时
《对影闲吟集》序言

　　这些年来，宁乡的诗词楹联界十分活跃。人们说，这与先后担任宁乡市政协文教卫体委员会主任的徐拂云、姜福成、夏时三位先生的推波助澜分不开。他们为繁荣本土文化出力良多，本身又都是吟坛健将，各人早有诗文专集刊行并广为流布，如今又有《对影闲吟集》即将问世。我能在它付梓之前先睹，欣喜莫名。作者嘱我写几句话，我于楹联虽然也十分喜爱，但没有深入做过研究，只能谈一点一般观感。

《对影闲吟集》书影

　　楹联既是一种高雅艺术，又是一种实用文体。凡是逢年过节、迎宾聚会、贺喜吊丧等，都少不了它。这就决定了它的很大部分作品都是限题作文，比起自由选题创作来，也就更难写出新意。一些平庸的作者习惯于共同思维，循着熟门熟路，摇笔即吟，陈词旧调便随处可见。而高明的写手总是千方百计避开熟路，独辟蹊径。本集中徐拂云先生《应某地国土部门征联（两首）》中的第一首就是一副令人耳目一新的佳作——

　　广袤未曾增，应怜伊，年蚀年侵，莫教耕地年年减；
　　资源当共惜，须念尔，寸金寸土，同把家园寸寸珍。

　　此联针砭时弊，发人深省，令人过目难忘。
　　姜福成先生的《为关山古镇撰联（五首）》中的《曹操杀杨修事》一联也是立意新颖的妙联——

　　闻鸡肋便疑退兵，主帅心思岂容参破？
　　杀良臣随赐厚葬，文人智慧怎敌权谋。

● 2014年作者与姜福成合影于宁乡市南门桥

　　前人写这一题材多侧重表现曹操的"忌才"，姜福成先生却能透过现象看本质，触及深层次的问题，虽是老题材，却写出了新意思。

　　巧妙的构思，常常是佳联的一大特色。它能避免平铺直叙而引人入胜。徐拂云先生的《〈香山新韵〉100期喜庆大会联（两首）》中的第一首，围绕"新""旧"二字构思，这两个字在联中反复出现各有四次之多，这就平添出许多趣味来，耐人咀嚼。

楹联篇幅小，但容量不能小。这就要求文字精练，为了达到这一目的，古人常常运用典故。因为它言简意赅，生动精辟，可以增强诗歌的表现力。传统诗词讲究"曲而达"，运用典故正合这一诗旨。夏时先生的《读书撰稿偶成》云——

> 修身进德时三省，酌字斟文日九思。

上下联用了《论语》中的两个典故，省去了许多文字，内涵却得到了拓展，收到了辞少意多的效果。当然，诗联中用典，要照顾多数读者的知识水平。清代诗人夏曾佑在《赠任公二首》诗中有一联——

> 帝杀黑龙才士隐，书飞赤鸟太平迟。

鲁迅先生曾批评他："故用僻典，令人难解，可恶之至。"我们不能再做古人那种令人厌恶的事。

诗联中的用字如果太熟，意象陈旧，容易让读者产生审美疲劳，提不起阅读兴趣。所以诗联作者不仅从书本上，还要从生活中去积累鲜活的字句，捕捉新鲜的意象。本集的三位作者都是谙熟此中三昧的，因而清词丽句，触目可见，这里就不一一举例了。

以上我认为是他们三人作品的共同长处，而各人又有自己的风格，有的古朴，有的沉郁，有的洒脱，相映成趣，更显得这本集子多彩多姿。当然任何作品集都不可能做到篇篇金相玉质，字字珠玑，本集中的作品也并非全属上乘之作，但是不少篇什，读后令人记得住，已实难能可贵。

（2018年）

彭国梁《爱的小屋》序言

● 彭国梁第一部诗集
《爱的小屋》书影

《爱的小屋》是彭君国梁的处女诗集。我有幸先睹诗集样稿，真有说不出的高兴。它不仅给了我诗美的愉悦，还启发我对当前诗歌作了某些思索。

当今之世，人们在文学上的分歧，恐怕最大莫过于诗歌了。老一辈人对于表现自我的朦胧诗常常摇头不止；年轻人对于明白如话的社会诗则嗤之以鼻，弄得诗歌界全然没有共同语言。对于同一首诗，不同年龄层次的人看法往往截然相反。但彭君的诗却不然。我问过一些诗歌界的朋友，同龄诗人认为他的诗写得潇洒，不同年龄的读者也感到亲切。这确实是一件不容易的事。之所以能做到这样，我想与他较好地处理了诗歌的"自我"与"群体"、"继承"与"创新"的关系分不开。

诗歌当然离不开"自我"，因为它从来都是诗的出发点。如果抛弃了"自我"，诗便没有了个性，成了千篇一律的"共同思维"，那还成什么样子呢？但是，诗歌又不能止于自我，还应该通向别人，通向别人应该是诗的归宿。现在有些浅薄的理论家，简单地把诗歌分为"表现自我"与"表现社会"两种类型，并且将它们截然对立起来，这是不科学的。高明的诗人应该把二者统一起来，而且，我以为它们是完全可以统一起来的。拿爱情题材来说吧，每个人都有对于爱的特殊感受，都有自己独特的爱的方式，每一对恋人都有只属于他们自己的语言密码，应该说爱情是最"自我"的

1999年10月，作者与彭国梁合影于毛泽东文学院

了。但是，你把属于自己独特的爱情传达出来，引起别人的共鸣，这爱也就具有社会属性，而不再是"狭隘""孤独"的个人感情了。因此，我以为与其在"表现自我"和"表现社会"的问题上争论不休，倒不如大家努力来找一找相互沟通的办法，也许更为有益。彭君似乎是着意从这方面下功夫的人。他的诗集中就有着不少这样成功的例子。

在艺术上，彭君的诗运用了许多新的表现手法，却没有那种令人气闷的晦涩，使人看不懂、猜不着。他在一篇谈诗的文章中曾经引用某大诗人的一个比喻——诗是涂过颜料的玻璃窗——来表达他的诗见。他说："玻璃窗上涂满了颜料，自然我们对那里面的一切就看不甚清了。不过你如果是一个诗歌的有心人，那么，你就会根据

那玻璃上的不同颜料去展开你想象的翅膀，说真的，那将会比你把窗子内的一切看得一清二楚要有趣得多。"他的这种说法是不无道理的。有色玻璃虽然比无色玻璃朦胧，但毕竟不是"什么也看不到"。朦胧并非晦涩。晦涩诗读完令人百思不得其解，朦胧诗略经思索便可解其中味，达到与读者沟通的目的。彭君的集子中就有一些这种具有朦胧美的篇什，如《向日葵》——

> 在你的玻璃下
>
> 燃烧你的玻璃
>
> 有一天
>
> 忽然刮起了北风
>
> 你一边穿毛衣
>
> 一边将它从容抽出
>
> 装进信封
>
> 信封在我桌上
>
> 张口说话
>
> 我全不懂
>
> 只是我的失眠
>
> 难忍疼痛
>
> 你　太坏　不该呀
>
> 与该死的红胡子
>
> 凡·高串通

彭国梁君出身于一个山乡农家，少年时代曾和他的父辈一起经历了中国农村最艰难的日子。然而，他又是一个幸运儿，当他刚刚对文学发生兴趣的时候，生活发生了急剧变化，他进入大学，接受了新思潮的熏陶。他没有经历过极"左"文艺路线的困扰，因而避免了创作上走弯路。我常想，中国的优秀诗人应当从他们这一辈人中产生。因为他们具备了老一辈诗人和新生代诗人所不曾具备的某些优势：新生代诗人所缺乏的对于祖国苦难命运的深切体察、比老一辈诗人更开阔的眼界和更新的"工具"，在他们身上却能二者得兼。而这些正是产生优秀诗篇的基础。

糊涂的人在两代人的无谓纷争中耗尽自己的才思，聪明的人则在吸收他们各自的长处中使自己长成大树。我们期望着彭国梁君真正成为一棵根深叶茂的诗国栋梁。

（1996年）

白雪红梅记左钧

　　昨夜，长沙城中下了一场大雪。今天我起了个大早，站到阳台前观景。这时，雪花已经停止飘飞，远近的屋顶上、楼前的树冠上，到处一片银白。街道上还没有行人，窗前鸟雀也不知去向，周遭一片静谧，我仿佛置身于一座无比圣洁的殿堂之中，心中的俗念为之一扫。这时，我想起了梅花。红梅白雪，缘结亲密，"有梅无雪不精神，有雪无梅俗了人"。寒梅对雪而开，自古被认为是一种"格高韵胜"的佳卉，历来为国人所深爱，"踏雪寻梅"更是一件韵事，可惜身居闹市的人们已难领略到那种雅趣了。更令人遗憾的是，如今画家的笔下也少见了梅花的芳姿。本来，梅花是中国画中一个庞大的家族，但是近些年来，陋习流行，某些无知者以"梅"与"霉"同音而远离了它。

　　这时，我就想起了左钧。他是我的老朋友，20世纪五六十年代在《长沙晚报》任美术编辑，报上常见他的画作，那时我经常为晚报写诗文，两人因此成了朋友。70年代又在长沙市文艺工作室共事，相交甚笃。80年代后他进了湖南书画研究院当专业画家，见面的机会少了。前年，一次我到画院看展览，遇到了他，看完展览，他邀我上他家坐坐，他家就在画院的楼上。当我跨进他那宽敞的画室，立刻被眼前的情景惊呆了：墙壁上挂满了画幅，有山水、

左钧先生所赠梅花图（局部）

花鸟，尤以梅花最引人注目。我仿佛走进一片盛开的梅林，阵阵清香扑鼻而来，全身心陶醉了。我们坐在厅中大画桌边一边品茗一边闲聊。我记得过去少见他画梅花，问他如今何以乐于此道。说到梅花，他的话立刻多了起来，他说他如此痴迷画梅，是儿时受父亲的影响，他父亲喜欢赋诗写字作画，尤爱画梅花，常把梅花画在帐檐上、枕头上，让母亲刺绣，非常好看。新中国成立前，有一年父亲在武汉求职未就，没有了回家的路费，就画了一批梅花在街头出售，换得一些铜板才得以回家。"梅花香自苦寒来"，是梅花经霜傲雪的品格，鼓舞和激励着人们奋斗的精神，也伴随着左钧的艺术历程。

历代文人雅士早已赋予了梅花丰富而崇高的思想内涵，而今少数无知者却忌讳梅花。左钧因此而愤愤不平，认为这是愚昧的表现，不仅仅是对这种花中极品的玷污，也是对中华传统文明的亵渎。为了弘扬梅花的精神，他决心把梅花画好。说着，他从抽屉里取出他新近出版的画册赠我。我深深为左钧这种不媚世俗的举动所感动，也为梅花因有他这样的挚友而庆幸。

如今，面对窗前雪景我不由自主地从书架上取出他的赠品翻阅起来，以解我的"望梅"之渴。常言说，"内行看门道，外行看热闹"，我这个丹青门外汉，爱的就是他笔下表现出来的热闹高雅的气氛。他画的梅花绝少蕊寒香冷、俨若冰霜的面孔，也没有隐逸之士孤芳自赏的情致，它是那么令人亲近，枝条间充满了勃勃生机，面对它立刻感到融融春意渗进了你的血脉之中。

翻看着左钧的画集，我忽然想起一件事来，就是那次在他家中见面时，曾经相约届时到公园踏雪寻梅。时隔一年多，他还记得吗？想到这里，我赶忙提笔伏案胡诌了一首打油诗：

画家终日绘图忙，知否郊原梅蕊香。
记得当时花前约，名园何日一举觞？

粘好信封，贴上邮票，我下得楼来径直向街边邮筒走去。当回头时才发现：我留下的竟是雪地的第一行脚印。

（2007年）

打开女性心灵的开关

——丹慧诗集《黄昏后我等你》印象

去年九月，丹慧赠我诗集《黄昏后我等你》，并嘱我写几句读后感。因杂务缠身，我迟迟未能动笔。三个多月后的一天，她又突然来访，告诉我：诗集第一次印刷的4500册已全部售完，还有读者不断到书店询问有无存书，出版社正在准备加印。当今诗运式微，而她的集子在短短百日之内便须加印，这消息着实令人鼓舞。

丹慧是一位女诗人。当今诗坛，女性诗人如星汉灿烂，各自以独特光芒辉耀艺术天庭。但据我观察，其中也杂有一些专以女性身份标榜的作品。读丹慧的诗，却全然没有这种感觉。她只是真实记录自己心灵的声音，并不刻意讨好他人。正因如此，读者能像

丹慧第一本诗集《黄昏后我等你》初版封面

发现新大陆一样，从中获得许多意外的喜悦。套用她自己的诗句，她的诗集可谓是一把"打开女性心灵的开关"的钥匙。且看《他用棉花一样的目光看我》——

> 他用棉花一样的目光看我
> 把我看成酸酸的葡萄
> 我却生长在冬天
> 是冬天里一株孤独的草
> 我的尊严一次又一次
> 在他的笑声中淹没
> 只有当黑夜像橡皮一样将他擦去
> 我才得以解脱……

这首诗把一个渴望爱情却遇不到知音的女子的复杂心情写得极为真切。这种感受只有经历过这种不愉快邂逅的女子才能写出来，任何男子都无法替代。尤其令人惊喜的是诗的表现手法。艾青曾说："形象思维的活动，在于为自己的感觉寻找确切的比喻，寻找确切的形容词，寻找最能表述自己感觉的动词；只有新鲜的比喻、新鲜的形容词和新鲜的动词相互配合，才有可能产生新鲜的意境。"丹慧具备这种才能。你看：用"棉花"来形容男性的"目光"，多么新鲜且贴切。众所周知，棉花极具黏性且柔软至极，由此可想象这位男子对"我"看得多么痴迷！我们不得不佩服诗人感觉的敏锐。"葡萄"一词也内涵丰富。对女子而言，没有爱情的邂逅，其滋味如同未成熟的葡萄般酸涩；对男子来说，眼前这可望而不可即的女子，让人想起外国寓言中狼吃不到葡萄的故事，可谓妙语双关！"黑夜像橡皮一样，将他擦去"更妙。一个"擦"字，将女主人对这次相遇的失意之情展现得淋漓尽致。就像小学生做错习题，必须用橡皮擦去重写，爱的篇章也必须决然从头再来！倘若没有上述这些比喻、形容词和动词，诗的艺术感染力将荡然无存。

丹慧还善于从生活中捕捉富有象征意义的镜头：

总是在楼梯口碰到你
在你上楼的时候
在我下楼的时候……

男子汉的责任
立在自行车上
母亲在后头
儿子在前头……

极平常的事物被挖掘出了深层意义。

构思巧妙，也是丹慧诗作的一个显著特点。构思在自由诗中极为重要。格律诗尚可借助诗行的规律性来约束诗人奔放的才思，避免散漫，借助音乐性来帮助读者记忆。自由诗则在很大程度上依赖于构思。丹慧的诗常常围绕一个中心意象展开，这样可使诗的笔墨集中，给人以完整的美感，如《门》——

你从门缝里吹来
一阵风

温度表说你的目光

已零下三度了

你的眼帘

却像门

总在该开的时候关

在该关的时候开

她的诗句也讲究巧妙。对仗、排比和复沓是她常用的手法，尤喜主宾互换的句式——

为鼻尖上时隐时显的季节/为季节里时开时落的

容颜……

不过，这些构思或造句方法用多了，难免给人重复之感。诗集中同样围绕《门》这一中心意象展开的还有《影子》一诗，同类型的句子更多。比喻也有重复出现的，如在《吻后面的耳》一诗中有"我喜欢你人体的开关"，在《万门之门》中又出现"请打开我人体的开关"。成熟的诗人不仅要避免重复他人作品，同时也必须力求避免自我重复。

（1996年）

诗人丹慧
纪念册 自健 主编

《诗人·丹慧》油画 李自健 2008

1963-2022

杨里昂老师惠念
由衷感谢您对丹慧的厚爱
与支持！感恩

李自健2022.9.12敬赠

● 著名画家李自健所赠丹慧纪念册

《天籁的变奏》浅析

　　前不久，《湖南文学》的编者将谢晓萍的《天籁的变奏》交我，嘱写几句话。按照中国的传统，知人而后方可论诗。我与谢晓萍素昧平生——不但至今不曾谋面，而且其作品也是初次接触，岂可妄加评议？那位编者立即告诉我：谢晓萍是辰溪县的一位青年女教师，二十二三岁，参加《湖南文学》的刊授有三年了，是学员中的佼佼者，写作基础不错，曾在一些报刊上发表过诗作。听说作者是一位年轻女郎，我的心中不免对她的作品打了个折扣。因为目前文坛上一批"女诗人""女作家"，凭借其性别优势，大受评论家、编辑的青睐，被吹得天花乱坠。"盛名之下，其实难副。"我既非评论家，也不想加入那种"抬花轿"的行列。但是，这番意思不便启齿，便答应看看诗稿再说。及至读完这组《天籁的变奏》，我立即后悔了，"先入为主"的成见差一点将我引入迷途。我不能不佩服《湖南文学》编者的眼力，更为他们发现一位名副其实的青年女诗人而由衷高兴。

　　从谢晓萍这一组诗来看，正用得上一句套话：出手不凡。《天籁的变奏》按照通常的说法，是一组"朦胧诗"。这些年朦胧诗风靡诗坛，但真要写好却非易事。一些年轻朋友以为这种诗反正是写给自己看的，别人能否看懂无所谓，便随心所欲地写一通。其实这是不严肃的。著名诗人艾青曾经说过：诗首先是写给自己看，然后通向别人。我想：朦胧诗既要公诸报刊，那么它同样应该能通向别人。只不过它不是"直通"，而是"曲达"罢了。谢晓萍的这组作品，我以为好就好在它既是为自己写的——有属于她自己的个性的东西；同时又能通向别人——它的脉络清楚，主题结构也比较明晰，因而能引起读者的共鸣。

这三首诗写的是三种不同的境界，但又是一个整体。也可以说是一件事引出的三个阶段的思绪。第一首《水的希望》，写失眠之夜的痛苦与忧伤。从字里行间我们可以揣摩出抒情的主人公乃是一位失恋者，执着的爱使她无法从情人心之"孤岛"走出。第二首《超越》写对于旧情的决绝——既然事情"已注定成为一幕没有结局的故事"，我不能沉湎于"枯叶重叠的往事"，决心从苦闷中解脱出来。第三首《别无选择》在内容上是对于第二首的强化。孤独、隔膜、苦闷、忧伤，这是现代诗中最常见的主题。《天籁的变奏》也是从这些入手的，但它不是从孤独写到孤独，从绝望写到绝望——经过痛苦的挣扎，终于从"无望的狂躁"中解脱出来，面对严酷的现实，在人生"曲折峻峭的蜀道"上去攀援，"期待一次生命中的辉煌"。与同类题材的作品相比，在内容上这组诗有新的开拓。在艺术上也达到了比较圆熟的程度，我颇惊异于作者语言运用的功力。她的作品中常常借助富有象征意义的意象，让读者凭借自己的生活经验去体会它所深藏的意蕴，这就较之于"明言""直白"耐人寻味得多。如第一首《水的希望》，本是写失恋者幻灭后的心态，假如直接说出意中人不再回来，如何痛苦那就索然无味了。作者在这里选用了"水"这个意象，并且将与它有密切关联的"帆影"组合起来。大家知道："帆影"在汉语中常常是"希望"的象征——"望尽千帆皆不是，斜晖脉脉水悠悠"，"不见帆影于四月的黄昏"与它有异曲同工之妙。同时，人们又常爱用"付诸东流"来形容希望落空。因此，"水"的意象在这里出现其表现力真是大矣哉！《天籁的变奏》组诗中有许多警策之句，如：

> 我不会痴情地守望着一棵孤独的树，
> 我的原色是一部溢彩流芳的诗。

警句好比诗的眼睛，它凝聚着诗人的智慧之光。诗人应该是民族语言最娴熟最神奇的驭者。我们期望着谢晓萍这位睿智的歌手在不久的将来为读者奉献更多更加"溢彩流芳的诗"，为文坛留下"摇天撼地的永恒风景"。

（1992年）

《在大时代的轨迹上》（代序）

我有幸在《在大时代的轨迹上》付梓之前一睹手稿，为两位作家在文学创作上取得新的成绩而感到由衷高兴，同时也为我们的报告文学近年来开拓出了新的路子而欣喜。一些报告文学作家在关注社会重大题材的同时，把笔触伸到了经济生活领域，一批"企业家丛书""改革者列传"相继出版。这不仅拓宽了报告文学的题材范围，更重要的是直接起到了为四化建设擂鼓呐喊、为经济发展推波助澜的作用，这是文艺改革中一个引人注目的动向。

● 《在大时代的轨迹上》书影

唐西清、贾慧同志的《在大时代的轨迹上》就是这改革之树上结出的一枚甜橙。书中收集的26篇作品，从不同侧面展现了人民保险工作者的精神风采，让我们从中汲取到许多有益的养分。人民保险是新时期以来在我们生活中重新活跃起来的一项事业。广大保险工作者在祖国城乡，不显山不露水地默默工作着，为群众扶危解难，为支援国家建设作出了巨大贡献。然而，他们的工作却没有被我们的作家所关注，成了被文学遗忘的角落，以至于他们的许多动人事迹至今还鲜为人知。本书作者走遍南北，在保险工作者生活的海洋中采集了众多的"珠贝"，编织成了这本别具风姿的文集，为人民保险工作者塑像立传，这的确是一件难能可贵的好事。作为第一部表现这方面题材的文学专著，它必将载入人民保险事业的史册，长久地保存在人们的记忆之中。

本书作者唐西清同志是近年涌现出的有成绩的报告文学作家，先后为文坛奉献出《心潮集》（散文集）、《武陵源》（游记）等几部著作。另一位作者贾慧同志是一位年轻的记者，时有作品发表于报端，来势喜人。我祝愿他们在已经到来的20世纪90年代，在文学道路上迈出更坚实的步伐。

（1991年）

附录

FU LU

与书长伴亦欣然
——杨里昂先生访谈录

◎《书人》记者　耿星河

长沙定王台，两千多年前西汉定王刘发在此筑台望母；百余年前，湖南图书馆于此处建成开放；十年前，定王台书市在此崛起迎客。一时书海扬波，书香扑鼻，书贾云集，书人纷至，好一派繁华景象。

就在定王台旁，凤凰台巷的一座老式住宅楼里，居住着一位埋头耕耘的作家——杨里昂先生。他总是伏案读书写作，累了倦了，便下楼走进定王台书市，一家一家地访书淘书。他不事张扬，固执地坚守着自己的一方田地。我的提问也总是在他默默凝神中期待着答案。

○《跟鲁迅评图品画》一书继外国卷之后，中国卷又已问世，报章上时有评论，书店销售情况也好，很受读者欢迎。请问，你们怎么编起与鲁迅先生相关的书来了？

◎前几年，中国文坛发生过一场世纪末的鲁迅论争，有人翻出陈年旧账来清算，年轻一代对鲁迅缺乏全面了解，很容易产生误导。我是个"鲁迅迷"，还在上小学时就爱读鲁迅的书，"文革"中我将《鲁迅全集》通读了两遍。在我心目中，鲁迅在文学艺术各方面都有杰出贡献，包括创作、研究、翻译、编辑出版等。我们认为应该将鲁迅一生成就全面向青年读者介绍，而不应该局限在论争方面。这就是我们选择做点关于鲁迅的书题的缘由。

○《跟鲁迅评图品画》我已翻读一过，感觉资料丰富，

○《跟鲁迅评图品画》外国卷书影

内容翔实，图文并茂，读它是一种难得的艺术享受。请问，你们怎么会选择这样一种角度和方式切入呢？

◎几十年来，研究鲁迅的著作数不胜数，进入新世纪以后，我接触过的关于鲁迅的新著就多达几十种，且各有特色。我们想从鲁迅杰出成就的某些方面做点介绍。这套书就是介绍他研究外国美术和中国传统美术成果的，采用图文对读的方式，比较直观，更便于读者接受。能否达到预期效果，只能接受读者的检验了。

○介绍鲁迅一生成就，请问还有哪些打算？

◎鲁迅是一部大书，鲁迅研究正未有穷期，要做的事情还很多。像鲁迅翻译介绍外国文学作品和研究中国古典文学方面就有着极为丰富的内容。目前《鲁迅评点中国作家》和《鲁迅评点外国作家》两书已经编定，其他选题尚在酝酿中。

《燕泥》书影

○您是个诗人，曾经写过不少诗，出过诗集。您现在还写诗吗？

◎我过去确实喜欢写诗，出过《燕泥》等两部诗集。现在不写了，但我对诗仍然有着浓厚兴趣。从20世纪80年代后期开始，我即着手于中国新诗史的研究。当时我有一种感觉，中国的新诗太没有地位了。我们有现代文学史、小说史、散文史、杂文史、文学批评史，唯独没有中国新诗史。文学史中涉及新诗的文字也极为简略，提到的诗人只有寥寥十数位。中国新诗有80年历史，当时尚无一本全面介绍新诗的书。我花费数年时间，收集大量新诗史料，其中不少是人们所不了解的，在此基础上，于1992年写成《中国新诗史话》一书，1993年由湖南文艺出版社出版。新世纪一开始，我又着手收集整理新发现的史料，对原书进行补充修订，扩充至25万字，更名为《中国新诗发展史》，年内将出版。这就是我目前为新诗所做的一点点力所能及的工作。

○对中国新诗的发展前景，您怎么看？新诗旧诗有过一番争论，您又是如何看的？

◎中国是诗的国度，历史悠久，源远流长，从诗经、楚辞到唐诗、宋词、元曲，从屈原到李白、杜甫，还可以列出一长列名单。诗不会消亡，诗将延续下去，还要发展，对此我很乐观。至于当今诗歌不景气，一些报纸副刊不再发表诗歌，这只是一种暂时现象。诗歌是一种高雅艺术，不能指望人人都垂青它，问题是我们的诗歌如何写得让人愿看、爱看，引起共鸣。

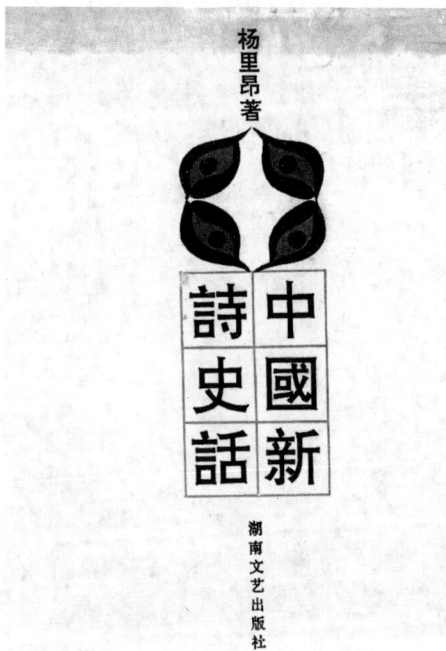

●《中国新诗史话》书影

中国新诗必须现代化，现代新诗必须中国化。我很喜欢戴望舒，他是中国化的现代主义诗人，《雨巷》《寻梦》等，写得流畅易懂，又不直露浅白，采用现代艺术手法表达自己的情感。还有艾青，不愧是中国新诗的旗手！

前些时候长沙诗坛上新旧诗人之间打了一场笔仗，相互指责对方，新诗人贬斥旧体诗，传统诗人否定新诗。我看这不是正常现象。据我看，目前诗歌存在的问题首先不在于形式，而在于内容。传统诗词，还留有过去的所谓"节日诗"的遗风；新诗又不太食人间烟火，两者都存在与读者隔绝的问题。

○能不能谈谈您的编辑生涯？

◎我从学校出来后，基本上就是办刊物当编辑，早年的就不说了。从20世纪80年代初开始主编《新创作》杂志（现改名《创

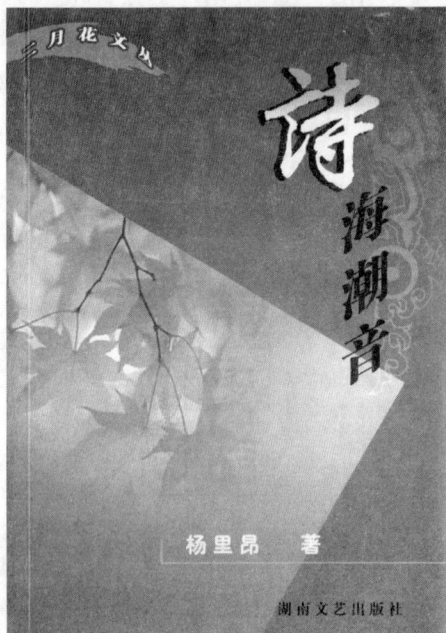
《诗海潮音》书影

作》），直至20世纪90年代末编满一百期后才退下来，前后长达十五年，留下了珍贵的回忆。办刊之初，我在每期刊物封面上印了两句话：以扶植文坛新秀为己任，努力做当代青年的知音。《新创作》主要发表青年作家的作品，也确实扶植了一批青年作家，像残雪的处女作就是在《新创作》上发表的。康濯、古华、莫应丰、叶蔚林等著名作家都应约写过指导青年作家的文字。

另外，我编过二十多种书籍，像《中国新诗选》、《湖南诗歌选》、《20世纪名人自述丛书》五卷、《长沙市志·文艺卷》、《新创作丛书》（10册）、《潇湘文学丛书》（12册）、《好看小品》两集，与彭国梁合编《传统节日散文丛书》共6种，还有好些少儿读物。上述书分别由花城、珠海、岳麓、湖南文艺、湖南人民、湖南少儿、海南、太白等出版社出版。也就是这些吧。

○您是个爱书人，读过大量的书，至今仍与书为伴。您是从什么时候，在什么情况下与书结缘的呢？

◎我祖籍宁乡麻山，是个书香世家，父亲是教师，旧学根底比较深厚，姑母、姑娭（注：方言，姑奶奶）都爱读《红楼梦》，常常吟诵唐诗宋词。特别是我父亲，有藏书楼名曰"荫梅书屋"，藏书丰富，我从小养成了爱读书的习惯。上中学后得到彭靖等教师、教授的指导，对我读书、写作，走上文学之路有着决定性的影响。我目前藏书只有几千册，书房面积不大，只能分多处堆放。本想另置房产，将书房弄大一点，但一想到这里离定王台书市、潇湘图书城、图书馆都很近，十分方便，与书长伴亦欣然，便不再挪窝了。不时去访书买书，淘点与研究课题相关的书，读点自己感兴趣的书，乐在其中。

○你埋头耕耘，从不扎堆，也不张扬，请问您这个特点是怎么形成的？

◎做点力所能及的事，其实没有张扬的必要。我之所以能够沉下来做点什么，很大程度上是受家庭的影响，曾祖父、祖父只读书不做官，也不出外，居家守拙，养成一种习惯，做学问搞冷门，不赶热闹，有颗平常心。父辈承继了这一点，又相传给了我。北京有位大画家在湖南说过一句话，说我们这些舞文弄墨的，也是个"手艺人"，没有什么值得特别张扬的。他这句话我很赞同。本来，做书写文章并不比做田做工高尚到哪里去。读者愿意看你的书，就是最大的快乐。

（2002年）

后记

　　我毕生从事文化工作，一直供职于长沙市文联，经历了不少文坛艺苑往事，结交了许多前辈、同辈的文朋诗友。他们对我市的文艺工作给予过很多支持与帮助。退休前后，我写作了一批回忆他们的文字。作为文联工作人员和刊物编辑，我担负着扶助本地新进作家、文艺家的责任。出于工作需要，我写过一些推介新人新作的文字，后来他们大多成为我市文艺界的中坚力量。此外，我在20世纪80年代主编《长沙市志·文艺志》和写作《中国新诗发展史》一书时，接触了好些晚清民国时期星城文人的旧事，也写过一些文章。上述这些文字，同仁们认为还有史料价值，因此我将它们整理、汇编成此书，供有关方面同志参考。

　　本书出版过程中得到长沙市文联负责同志的大力支持，湘江新区文联及宁乡市文联负责同志也给予了关注和帮助。老同事、诗友谢午恒先生出力尤多。在此一并表示诚挚的谢忱。

　　本书所记人事，因时间久远，难免有误记和不准确之处，敬希读者指正。

2024年春月